ro
ro
ro

Zu diesem Buch

Jeder von uns ist mit den Anlagen geboren, Glück zu empfinden. Aber oft stehen wir uns dabei im Weg – meistens, weil wir es einfach nicht besser wissen. Erst in den letzten Jahren hat die Hirnforschung gezeigt, wie jeder Mensch die Ausstattung seines Gehirns für ein besseres Leben nutzen kann. Stefan Klein hat die neuesten Erkenntnisse aus seinem Bestseller «Die Glücksformel» für den Alltag zusammengefasst. Leicht verständlich beschreibt er, aus welchen Quellen sich Glück und Unglück speisen, und nennt Regeln, wie man die guten Gefühle findet und den schlechten entkommt. Denn Glück kann man lernen!

Stefan Klein, geboren 1965 in München, studierte Physik und Philosophie in München, Grenoble und Freiburg und promovierte in Freiburg über Biophysik. Er schrieb Beiträge für viele deutschsprachige Zeitungen und Magazine und war von 1996 bis 1999 Wissenschaftsredakteur beim «Spiegel», von 1999 bis 2000 Redakteur bei «Geo». Lebt jetzt als freier Autor in Berlin. 1998 erhielt er den Georg-von-Holtzbrinck-Preis für Wissenschaftsjournalismus. 2000 erschien seine viel beachtete Studie «Die Tagebücher der Schöpfung».

2002 veröffentlichte er «Die Glücksformel», die bis heute in 20 Sprachen übersetzt wurde. Im Juli 2004 erscheint sein neues Buch «Alles Zufall. Die Kraft, die unser Leben bestimmt».

Stefan Klein

Einfach glücklich

Die Glücksformel für jeden Tag

Rowohlt Taschenbuch Verlag

Internet-Seiten zum Buch stehen unter:
www. gluecksformel.de
Dort finden Sie Hintergrundmaterial und
können sich mit anderen Lesern austauschen.

Originalausgabe • Veröffentlicht im Rowohlt Taschenbuch
Verlag, Reinbek bei Hamburg, Mai 2004 • Copyright © 2004
by Rowohlt Verlag GmbH, Reinbek bei Hamburg • Bearbei-
tung Alexandra Rigos • Umschlaggestaltung any.way, Barbara
Hanke/Cordula Schmidt • (Foto: Mauritius) • Satz Galliard
PostScript (PageMaker) bei Pinkuin Satz und Datentechnik,
Berlin • Druck und Bindung Clausen & Bosse, Leck • Printed
in Germany • ISBN 3 499 61677 7

Inhalt

Einleitung 7

Kapitel 1: Was ist Glück? 11

Kapitel 2: Glück lernen 33

Kapitel 3: Die Gesichter des Glücks 41
Die Energie der Vorfreude 42
Die Höhepunkte des Genusses 48
Der Zauber der Liebe 52
Die Wärme der Geborgenheit 59

Kapitel 4: Was uns glücklich macht 62
Abwechslung schaffen 65
Bewegung – mäßig, aber regelmäßig 70
Sich einer Arbeit hingeben 73
Die Sinne schulen 79
Beziehungen pflegen 88

**Kapitel 5: Was uns unglücklich macht –
und wie wir es überwinden** 96
Die Fallen der Selbsttäuschung 97
Neid und Statusdenken 103
Der chronische Trübsinn 107
Der Ausweg: Eine neue Perspektive finden 114

Kapitel 6: Die Rolle der Umgebung 122

Kapitel 7: Sechs Irrtümer über das Glück 128

Glossar 139

Einleitung

Für ein glückliches Leben tun wir alles – und schlittern dabei von einem Unglück ins nächste. Bittet man die Menschen in Deutschland, die Begriffe zu nennen, die sie am meisten faszinieren, steht «Glück» zusammen mit Liebe und Freundschaft ganz oben – weit vor Sex, Unabhängigkeit oder Erfolg im Beruf. Aber nur drei von zehn Deutschen nennen sich glücklich. So suchen viele von uns nach dem Glück «wie ein Betrunkener nach seinem Haus», so hat es der französische Philosoph Voltaire ausgedrückt: «Sie können es nicht finden, aber sie wissen, dass es existiert.»

In den letzten Jahren haben wir zu diesem Problem einen neuen Zugang gewonnen. Die Hirnforschung hat sich auf die Suche nach den guten Gefühlen gemacht. Erstmals lassen sich Empfindungen messen. Die Experimente offenbaren, wie in unseren Köpfen das Phänomen «Glück» entsteht – und sie eröffnen zugleich neue Möglichkeiten, Glücklichsein zu lernen. Denn Glück, so stellte sich heraus, ist trainierbar. Nur machen die meisten Menschen bisher die falschen Übungen.

Von diesen Erkenntnissen und davon, was sie für unser Leben bedeuten, habe ich in meinem Buch «Die Glücksformel» berichtet. Darin habe ich mich bemüht, den neuesten Stand der Forschung über das Glück umfassend darzustellen. Wir alle wollen glücklich sein, aber nicht jeder interessiert sich im gleichen Maße für Forschungsergebnisse und die Einzelheiten, wie genau in Kopf und Körper die guten Gefühle entstehen. Darum baten mich viele Leser um ein weiteres Buch über das Glück: ob ich nicht eine Zusammenfassung geben könne, in der die praktische Anwendung der wissenschaftlichen Ergebnisse im Vordergrund steht – eine Glücksformel für jeden Tag?

Ihrem Wunsch komme ich gerne nach. Dieses Buch beschreibt, was Sie tun können, um öfter und intensiver Glück zu empfinden. Die Hintergründe finden sich darin stark gestrafft wieder. Ganz ohne Wissenschaft geht es allerdings nicht, denn wer mehr Glücksgefühle empfinden möchte, sollte das Wesen dieser Regungen zumindest prinzipiell verstehen. Wer mehr wissen will, erfährt in Kästen Näheres zu einzelnen neurobiologischen Fragestellungen. Auf die Beschreibung von Experimenten und das Nennen von Quellen, wie sie in der «Glücksformel» zu finden sind, habe ich so gut wie ganz verzichtet. Dennoch beruht jede einzelne Anregung für Ihr Leben auf wissenschaftlichen Erkenntnissen; die meisten Empfehlungen ergeben sich aus Studien an sehr vielen Menschen. Das unterscheidet dieses Buch vom Großteil der Ratgeberliteratur, die sich am Menschenbild des Autors und dessen persönlicher Lebenserfahrung orientiert.

Gesunder Menschenverstand ist wertvoll. Doch wer sich auf der Suche nach Glück auf ihn allein verlässt, findet eher Verwirrung. Denn fast alles, was sich über kluge Lebensführung und den Umgang mit Gefühlen sagen lässt, wurde von einem weisen Menschen irgendwann schon einmal gesagt. Leider fand sich meistens auch ein anderer, der bald darauf und mit scheinbar ebenso guten Gründen das genaue Gegenteil behauptete. So bleiben wir ratlos: Soll man Abenteuer in der Liebe suchen? Oder bringt das vertraute Zusammensein mit einem Lebenspartner auf Dauer doch mehr Glück? Brauchen wir Arbeit, um zufrieden zu sein? Oder ist es Müßiggang, der das Leben lebenswert macht? Macht Geld glücklich? Ist Glück mehr als nur das Gegenteil von Unglück? Ist es erblich? Und was ist das höchste Glück?

Doch inzwischen hat sich die Spirale des Wissens weitergedreht. Die Erkenntnisse der Hirnforschung können wir heute als ein «Sieb» für Lebensweisheiten nutzen, um die besseren von den weniger guten Ratschlägen zu trennen. Viel althergebrachte Weisheit hat auch im Licht der neuesten Forschung Bestand. «Trägheit macht traurig», behauptete zum Beispiel der Kirchenlehrer Thomas von Aquin vor mehr als 700 Jahren; heute wissen wir, dass und wie uns die Natur für Tätigkeit mit Glücksgefühlen belohnt. Andere populäre Vorstellungen hingegen haben sich als haltlos oder sogar schädlich erwiesen – wie etwa der weit verbreitete Glaube, dass sich negative Gefühle wie Wut und Trauer verflüchtigen, wenn wir ihnen heftig Ausdruck verleihen.

Die neuen Einsichten über das Glück beruhen vor allem auf zwei überraschenden Entdeckungen, die den Hirnforschern in den letzten Jahren gelangen: Erstens sind in unseren Köpfen eigene Schaltungen für Freude, Lust und Euphorie eingerichtet – wir haben ein Glückssystem. So, wie wir mit der Fähigkeit zu sprechen auf die Welt kommen, sind wir auch für die guten Gefühle programmiert.

Zweitens kann sich auch das Gehirn eines erwachsenen Menschen noch verändern. Bis vor wenigen Jahren glaubten Wissenschaftler, dass das Gehirn, ähnlich wie die Knochen, spätestens am Ende der Pubertät ausgewachsen sei. Doch das genaue Gegenteil trifft zu: Wann immer wir etwas lernen, verändern sich die Schaltkreise in unserem Gehirn, neue Maschen im Geflecht der Nervenzellen werden geknüpft. Besonders Emotionen bringen diese Umbauten in Gang. Darum können wir mit den richtigen Übungen unsere Glücksfähigkeit steigern. Glück kann man lernen!

Die Empfehlungen, die dieses Buch gibt, sollen Ihnen helfen, diese Anlagen besser zu nutzen. Dabei dreht sich vieles um Aufmerksamkeit für die eigenen Gefühle und Gedanken. Emotionen sind Signale der Natur, und wir sind gut beraten, sie ernst zu nehmen. Deshalb unterscheiden sich die Vorschläge in diesem Buch grundlegend von den Rezepten des so genannten positiven Denkens. Diese zielen darauf ab, sich selbst eine gute Stimmung einzureden. Glück hat aber wenig mit schönen Illusionen zu tun, sondern umso mehr mit der genauen Wahrnehmung der Wirklichkeit. Ebenso wenig geht es mir um Strategien für den Lebenserfolg: Das Thema dieses Buches ist nicht, mehr Glück zu *haben*. Es will Ihnen helfen, mehr Glück zu *empfinden*.

Die Anregungen darin sollen vor allem eine Kraft freisetzen, die zu den stärksten des Menschen gehört – Ihre Phantasie. Denn wie wir gute Gefühle empfinden, ist uns angeboren. Doch jeder Mensch füllt diesen Rahmen anders aus, hat seine eigenen Bedürfnisse und Vorlieben. Je nach Erziehung, Erbanlagen und

Lebensgeschichte mag der eine Opern, der andere Rockmusik. Sein Glück zu finden bedeutet deswegen auch, sich selbst kennen zu lernen und mit seinem Alltag ein wenig zu experimentieren: Es gibt sechs Milliarden Menschen und sechs Milliarden Wege zum Glück. Dieses Buch möchte Sie dabei unterstützen, den Ihren zu finden.

Kapitel 1: Was ist Glück?

Lehnen Sie sich einen Moment zurück und lassen Sie Ihre Phantasie schweifen. Was kommt Ihnen beim Wort «Glück» als Erstes in den Sinn? Ein romantisches Wochenende mit dem oder der Liebsten, ein Kneipenabend mit Freunden? Vielleicht ein Strandspaziergang bei stürmischem Wetter, wenn Gischt durch die Luft weht?

Oder doch eher der Sechser im Lotto, der Ihnen hilft, sich all die lang gehegten Wünsche zu erfüllen: das Haus mit Garten, das knallrote Coupé, ein Urlaub auf Tahiti?

Auf all diese Vorstellungen passt der Begriff Glück, und doch geht es um zwei grundverschiedene Dinge: Während eines harmonischen Abends mit Freunden oder Familie *sind* wir (hoffentlich) glücklich; knacken wir den Jackpot, *haben* wir Glück. Und wie jeder Leser von Klatschspalten weiß, kann man jede Menge Glück haben, ohne sich dabei im Geringsten glücklich zu fühlen. Der Lottogewinner, dessen Leben aus der Bahn gerät, ist schon Legende.

Die Volksweisheit kennt den Unterschied sehr wohl, wir finden ihn im Märchen vom Hans im Glück veranschaulicht: Hans hat Glück, weil ihn sein Dienstherr überreich entlohnt. Aber durch den Goldklumpen, den er nun mit sich herumträgt, fühlt er sich auch innerlich geradezu beschwert. Erst als er einen miesen Tausch nach dem anderen abschließt, also eigentlich eine Pechsträhne durchmacht, gewinnt er seine glückliche Stimmung zurück.

Glück haben und glücklich sein

Immer wieder geraten wir in Versuchung, *Glück haben* mit *glücklich sein* zu verwechseln: Wir sehnen uns nach freudigen Empfindungen und glauben, ihnen durch günstige Umstände näher zu kommen. Damit berauben uns oft genug der Chance, wirklich Glück zu empfinden. Denn wir ernten keine guten Gefühle, sondern meist nur Frustration, wenn wir darauf warten, dass glückliche Begebenheiten auf uns herabregnen wie die Goldmünzen auf das Sterntaler-Mädchen. Es muss kein Lotteriegewinn sein, den wir ersehnen; genauso können wir insgeheim darauf warten, dass endlich der richtige Partner unseren Weg kreuzt oder dass ein Headhunter uns einen phantastischen Job anbietet.

Die deutsche Sprache trägt das Ihre zu diesem Denkfehler bei, indem sie keinen Unterschied zwischen dem inneren Empfinden und äußeren Umständen macht. Die meisten anderen europäischen Sprachen trennen da sauber, das Englische etwa in «happiness» und «luck». Doch das ist nichts im Vergleich zum Sanskrit, der Sprache des alten Indien: Sie kennt ein gutes Dutzend Worte für die verschiedenen Weisen, Glück zu empfinden.

Denn auch bei dem innerlichen Glücksempfinden, um das es in diesem Buch geht, handelt es sich keineswegs immer um dasselbe Gefühl. Das Kribbeln im Magen, wenn wir verliebt sind, und die wohlige Entspannung bei einer Massage, die rauschhafte Verzückung beim Sex und der Genuss, nach einer schweißtreibenden Stunde Sport ein kühles Bier zu trinken, fühlen sich nicht nur unterschiedlich an. Es sind tatsächlich verschiedene Gefühle, die in unseren Körpern und Hirnen mit jeweils bestimmten Zuständen einhergehen.

Diese Gesichter des Glücks sollten wir kennen lernen. Nur dann können wir uns diesen Empfindungen bewusst öffnen und unser Leben so führen, dass sie sich möglichst oft einstellen. Gelingt uns das, wird das Glücksempfinden von einem Zufallsgast, der gelegentlich vorbeikommt oder auch nicht, zu einem guten Bekannten, den wir gezielt einladen können.

Bevor wir uns allerdings die einzelnen Nuancen des Glücks genauer anschauen, sollten wir zunächst der Frage nachgehen, was der gemeinsame Kern all dieser Gefühle ist – und warum es sie überhaupt gibt.

Das Glück entspringt dem Körper

Man hat Ihnen ein Kompliment gemacht, jemand hat Ihnen Blumen geschenkt, oder Sie genießen einfach nur ein sehr gutes Essen? Ganz gleich, was Sie freut – in Ihrem Körper hat sich ein angeregter Zustand eingestellt. Es lohnt sich, einmal darauf zu achten, denn viele der Veränderungen dabei kann man spüren.

Wenn Sie glücklich sind, pulsiert das Blut etwas schneller in Ihren Adern. Bei den meisten Menschen trennen drei bis fünf Herzschläge pro Minute das Glück vom Normalzustand. Ihre Hauttemperatur steigt um etwa ein Zehntel Grad, weil sich die Durchblutung verbessert. Wenn Sie sich gut fühlen, entspannen sich die Muskeln an den Gliedmaßen und werden geschmeidiger. Sogar Ihre Finger zittern jetzt anders, nicht so eckig, etwas weicher als sonst. Diesen Unterschied werden Sie allerdings höchstens dann bemerken, wenn Sie einen Faden in eine Nadel fädeln wollen. Hinzu kommen wichtige Vorgänge, die wir gar nicht direkt spüren können: Freude verschiebt auch das Gleichgewicht der Hormone.

Und noch bevor Sie selbst oder die Menschen in Ihrer Umgebung auch nur den Anflug eines Lächelns wahrnehmen, hat sich auch im Gesicht einiges getan. Der Jochbeinmuskel, der die Mundwinkel nach oben zieht, hat sich ein wenig angespannt. Der Augenringmuskel, der Lachfalten hervorbringt, hat sich ebenfalls leicht zusammengezogen. Dafür ist der Augenbrauenmuskel, der das Gesicht bei Ekel, Trauer und Furcht verzieht, jetzt nicht im Einsatz.

So sieht das Glück aus. Wie alle Gefühle nimmt es seinen Ausgang ebenso sehr im Körper wie im Gehirn. Denn Wohlbefinden entsteht erst dann, wenn das Gehirn die richtigen Signale von Herz, Haut, Muskeln empfängt und deutet. Ohne unseren Körper wären wir zum Glücklichsein außerstande.

Dieser Gedanke mag zunächst irritieren. Kein Zweifel, manche Glücksempfindungen, etwa beim Essen oder bei der Liebe, verdanken wir leiblichen Genüssen beinahe in Reinform. Was aber geschieht, wenn wir uns an einen fröhlichen Abend mit Freunden erinnern oder uns auf eine Urlaubsreise freuen? In solchen Momenten des Glücks ist unser Körper auf den ersten Blick gar nicht beteiligt. Vielmehr scheint unsere Phantasie, also unser Geist, die Hauptrolle zu spielen. Doch das ist eine Täuschung: Gedanken, Erinnerungen, Hoffnungen allein lassen uns keine Emotionen erleben. Erst wenn sie sich mit den richtigen Körpersignalen verbinden, können wir Freude empfinden. Denn aus diesen Signalen konstruiert das Gehirn die Wahrnehmung leiblichen Wohlbefindens. Versuchen Sie einmal, mit verspannten Muskeln und Angstschweiß auf der Stirn glücklich zu sein!

Das Glück entspringt also mindestens ebenso sehr unserem Körper, Armen und Beinen, Herz und Haut, wie unseren Vorstellungen und Gedanken. Deshalb täten wir gut daran, den Körper viel ernster zu nehmen, als wir es gewohnt sind.

Gefühle kann man nicht erzwingen

Aber warum können wir dann nicht unserem Körper befehlen, Glück zu empfinden, so, wie wir absichtlich die Hand heben, um uns am Kopf zu kratzen? Diese ärgerliche Tatsache hängt mit der Architektur unseres Gehirns zusammen. Für die Steuerung simpler Körperfunktionen und damit auch für Gefühle sind nämlich Nervenbahnen zuständig, auf die das Bewusstsein kaum Einfluss hat.

Das menschliche Nervensystem zerfällt in zwei Teile, die weitgehend getrennt voneinander arbeiten: Man unterscheidet das willkürliche vom unwillkürlichen Nervensystem. Das willkürliche Nervensystem steuert die meisten Muskeln, die unsere Knochen bewegen. Über seine Leitungen laufen die Befehle, wenn ich meinen Zeigefinger abknicken will, um diesen Text weiterzutippen.

Das unwillkürliche (oder autonome) Nervensystem dagegen regelt die grundlegenden Funktionen des Organismus. Es steuert Wachen und Schlaf, kontrolliert den Herzschlag und lässt uns vor Scham erröten. Und da wir auf das unwillkürliche Nervensystem kaum Einfluss haben, wie es der Name schon sagt, können wir nicht einfach beschließen, glücklich zu sein. Von diesem Teil des Nervensystems hängen all jene unbewussten Regungen des Körpers ab, aus deren Wahrnehmung das Gehirn die guten Gefühle erzeugt. Deshalb können wir auf direktem Weg unsere Emotionen kaum verändern. Wir müssen schon raffinierter vorgehen.

Macht Lächeln froh?

Der Volksmund ist überzeugt: Ein Lächeln reicht, um einen Griesgram in gute Laune zu versetzen. Das klingt plausibel. Wenn Gefühle auf Körperzustände zurückgehen, liegt der Umkehrschluss nahe, dass man nur den Körper beeinflussen muss, um ein Gefühl zu wecken. Können wir uns also wirklich mit Hilfe unserer Gesichtsmuskeln in eine glückliche Stimmung bringen? Die Antwort lautet: Theoretisch ja, praktisch eher nicht.

Denn ob Lächeln froh macht, hängt von der Art ab, wie wir das Gesicht verziehen. Der amerikanische Forscher Paul Ekman hat unzählige fröhliche Mienen untersucht und notiert, welche Gesichtsmuskeln jeweils in Aktion traten. So entdeckte er 19 verschiedene Arten des Lächelns.

18 davon sind nicht echt, aber nützlich. Sie dienen uns als Maske. Es gibt ein Lächeln, mit dem wir peinlich berührt nach einem schlechten Witz Höflichkeit zeigen; ein Lächeln, hinter dem wir Angst verbergen; eine gute Miene, die wir zum bösen Spiel machen. Ohne diese Signale würde menschliches Miteinander kaum funktionieren. Mit Freude allerdings haben sie wenig zu tun.

Nur eine Weise des Lächelns ist echt. Wenn nicht nur die Mundwinkel nach oben wandern, sondern wir zudem die Augen etwas zusammenkneifen und Lachfalten in den Augenwinkeln erscheinen, drückt unser Gesicht Glück aus. Dann hat sich der Augenringmuskel zusammengezogen. Ekman nannte dieses Mienenspiel «Duchenne-Lächeln», zu Ehren des französischen Wissenschaftlers, der als Erster diesen Muskelstrang untersuchte.

Weitere Studien ergaben, dass einzig das Duchenne-Lächeln wahres Wohlgefühl signalisiert. Wenn Ekman seinen Versuchspersonen lustige Filme zeigte, huschte häufig spontan dieses und fast nie ein anderes Lächeln über ihre Gesichter. Und je häufiger die typischen Lachfältchen in den Augenwinkeln der Zuschauer auftauchten, desto mehr lobten sie später den Film.

Leider aber können wir den Augenringmuskel kaum mit Willenskraft steuern. Deshalb versagen auch die meisten von uns jämmerlich, wenn sie «bitte recht freundlich» in die Kamera schauen sollen. Nur knapp zehn Prozent aller Menschen können auf Kommando ein Duchenne-Lächeln anknipsen. Wahrscheinlich ist diese Fähigkeit angeboren. Die anderen kommen nur auf Umwegen zu einem echten Lächeln, zum Beispiel, indem sie sich im Geiste einen guten Witz erzählen.

Paul Ekman jedoch brachte seinen Versuchspersonen bei, ihren Augenringmuskel zu trainieren. Und tatsächlich: Je besser die Teilnehmer diesen eigenwilligen Muskelstrang beherrschten, desto fröhlicher fühlten sie sich während der Übungen, ohne dass sie sich ihre gute Laune selbst so recht erklären konnten. Lächeln macht also glücklich – aber eben nur das richtige Lächeln. Das Gehirn lässt sich nicht so leicht austricksen.

Unser Körper weiß mehr als wir selbst

Es wäre im Übrigen auch gar nicht gut für uns, wenn wir das unwillkürliche Nervensystem mit unseren Wünschen beeinflussen könnten. Es regelt die lebenswichtigen Vorgänge des Körpers, daher könnte sich eine bewusste, aber falsche Entscheidung fatal auswirken. Deshalb ist das Gehirn so programmiert, dass wir zum Beispiel nicht beschließen können, den Atem für längere Zeit anzuhalten oder das Herz stillstehen zu lassen.

Dieses automatische Überlebensprogramm hält uns den Kopf

frei, denn es verhindert, dass wir zu viel Aufmerksamkeit an simple Körperfunktionen verschwenden. Wir kämen zu wenig anderem, wenn wir uns zum Beispiel eingehend mit der Frage befassen müssten, ob unsere Leber gerade genug Enzyme herstellt, um den Alkohol vom Vorabend abzubauen.

Wir spüren es erst, wenn dieses System ernstlich aus dem Gleichgewicht gerät. Dann nämlich zwingen uns die Reaktionen des Körpers zum Handeln. Sinkt der Blutzuckerspiegel, quält uns Hunger. Verschwindet der Alkohol nach einem Gelage nicht schnell genug aus dem Blut, dröhnt der Kopf – eine Warnung für das nächste Mal.

So funktioniert die Steuerung unseres Organismus ähnlich wie die Benutzeroberfläche eines Computers. Beide legen sich einer schützenden Schale gleich um die komplizierten Vorgänge im Inneren des Systems, mit denen wir uns gar nicht befassen sollen. Alles, was der Benutzer am Bildschirm von der Technik sieht, ist ab und zu eine Fehlermeldung, wenn das Programm sich nicht mehr selber helfen kann. Viele unangenehme Gefühle entsprechen genau einer solchen Meldung.

Aus diesem Grund sind nicht nur die Vorgänge der Körpersteuerung, sondern auch die Emotionen selbst vom direkten Einfluss des Willens abgeschirmt. Wir können sie nur indirekt steuern, indem wir uns etwas Gutes tun oder uns an schöne Situationen erinnern. Aber wir können nicht wählen, ob wir Angst haben wollen, wenn im Wald plötzlich ein Bär auf uns zukommt. Wir fürchten uns, noch bevor wir nachdenken können. Das Herz beginnt zu rasen, die Atmung wird flacher – der Körper macht sich bereit zu rennen. In den Sekunden, die für eine bewusste Entscheidung verstrichen wären, hätte ein angriffslustiges Tier sein Opfer womöglich schon zerfleischt. Deswegen hat der Körper schon auf die Bedrohung geantwortet, noch ehe wir die Angst zu spüren beginnen.

Umgekehrt empfinden wir Lust, sobald wir etwas bemerken, was uns nützen könnte. Dies sind die kleinen Augenblicke des Glücks: Sind wir hungrig und wittern den Duft einer Bäckerei, läuft uns das Wasser im Mund zusammen. Kommt uns ein

Freund entgegen, huscht ein Lächeln des Willkommens über unser Gesicht, und im selben Moment empfinden wir Freude. So erleben wir Gefühle, indem wir die unwillkürlichen Reaktionen unseres Körpers wahrnehmen.

Emotionen sind unbewusst, Gefühle bewusst

Im Alltag sind uns Emotionen oft nicht in ihrer ganzen Tiefe bewusst. Wir erröten und fühlen es erst, wenn uns jemand darauf aufmerksam macht. Unsere Augen funkeln vor Begeisterung, und wir wissen selbst nicht, wie sehr wir uns freuen.

In solchen Momenten wird deutlich, dass Emotionen und Gefühle nicht ein und dasselbe sind. Zwar verwenden wir die beiden Begriffe in der Umgangssprache meist gleich. Es gibt aber einen Unterschied: Eine Emotion ist eine automatische Antwort des Körpers auf eine bestimmte Situation – das Blitzen der Augen vor Vergnügen, das Erröten der Gesichtshaut, wenn wir bei einer Ausrede ertappt worden sind. Ein Gefühl erleben wir aber, wenn wir diese Emotion bewusst wahrnehmen – als Freude oder als Scham.

Emotionen sind also unbewusst, Gefühle bewusst. Die meisten Emotionen empfinden wir auch als Gefühl, weswegen der Volksmund zwischen beiden gar nicht erst unterscheidet. Trotzdem können uns manche Emotionen verborgen bleiben, etwa wenn wir erröten und uns niemand darauf hinweist.

Gefühle dienen uns als Kompass

Emotionen steuern den Organismus, aber das könnten sie ebenso, wenn sie wie Reflexe still im Hintergrund blieben. Wenn der Arzt mit dem Hämmerchen auf die Kniescheibe schlägt, schnellt der Fuß hoch, ohne dass wir viel dabei empfinden. Auch Maschinen regeln ihre inneren Vorgänge auf höchst komplizierte Weise, ohne dass jemals ein Schweißroboter zu Freudensprüngen angesetzt oder tränenerstickt nach Druckluft gejapst hätte.

Doch anders als ein Roboter wiederholen wir nicht pausenlos die gleichen Handgriffe, sondern müssen uns in verschiedenen und immer neuen Situationen zurechtfinden. Menschen, die –

etwa nach einer Hirnoperation – keine Gefühle mehr empfinden, sind dazu nicht in der Lage. Selbst wenn ihre Vernunft tadellos arbeitet, neigen diese bedauernswerten Patienten dazu, sich in Beruf und Privatleben heillos zu verzetteln und in unsinnige Unternehmungen zu stürzen. Sie können stundenlang grübeln, nach welchem System sie ihre Papiere ordnen sollen, statt einfach den Schreibtisch aufzuräumen. Kurz: Sie verlieren den Blick für das Wesentliche. Mr. Spock, der gefühllose Vulkanier aus dem Science-Fiction-Epos «Star Trek», wäre im wirklichen Leben ein Sozialfall.

Ein Mr. Spock könnte Informationen nämlich logisch analysieren, aber nicht emotional bewerten. Deshalb wäre er kaum zu einer sinnvollen Entscheidung fähig. Logik hilft uns zwar, verschiedene Möglichkeiten zu erkennen und unsinnige Varianten zu verwerfen. Wenn aber der Verstand zwischen zwei scheinbar gleich guten Optionen wählen soll, ist er verloren. Ihm bleibt nur, sämtliche möglichen Folgen einer Entscheidung bis an ihr Ende zu durchdenken. Das kann ewig dauern – und ist oft nicht einmal nützlich, weil wir vieles im Leben eben doch nicht voraussehen können. Darum braucht der Verstand Hilfe.

Er findet sie bei den Gefühlen. Wo der Kopf lange Ketten von Für und Wider bildet, hat der Bauch längst entschieden: Wir mögen etwas, oder wir mögen es nicht, ohne Angabe von Gründen. Denn Urteile aus dem Gefühl speisen sich nicht aus logischen Schlüssen, sondern aus zwei Quellen, die beide der Vergangenheit entspringen. Einerseits bestimmen die Gene unsere Intuition. Zu bittere Speisen schmecken uns nicht – so schützt der Körper uns vor Giften. Der Anblick eines gut aussehenden Menschen des anderen Geschlechts lässt unser Herz klopfen – er könnte ja ein tauglicher Sexualpartner sein.

Andererseits nähren sich die Gefühle aus eigenen Erfahrungen, die uns gar nicht bewusst sein müssen. Wie ein Bild mehr als tausend Worte ausdrücken kann, so sagt ein Gefühl oft mehr als tausend Gedanken. Wer einen glühenden Zigarettenanzünder auf seine Hand zukommen sieht, muss die möglichen Folgen nicht erst abwägen. Gebranntes Kind scheut das Feuer.

Intuition ist wichtig – aber fehlbar

Es ist gut, auf seine Gefühle zu hören. Aber es ist nicht immer ratsam, ihnen blindlings zu folgen. Eine zu emotionale Antwort auf den Vorwurf des Chefs hat schon manche hoffnungsvolle Karriere beendet. Und nicht jeder, der uns mit netten Worten in gehobene Stimmung versetzt, verdient unser Vertrauen. Emotionen entstanden im Lauf der Evolution, damit Lebewesen vergleichsweise einfache Fragen schnell lösen können. Sie sind richtig, um zu entscheiden, ob wir vor einer Schlange Reißaus nehmen oder einen Angriff mit einem Gegenschlag erwidern sollen. In solchen Situationen geben Emotionen Menschen, Mäusen und anderen Tieren eine oft lebensrettende Antwort.

Die meisten Probleme aber, die wir Tag für Tag zu lösen haben, sind viel verzwickter. Eine schnelle Antwort aus dem Bauch macht viele zwischenmenschliche Schwierigkeiten nur noch schlimmer. Ein unkontrollierter Wutausbruch schafft kurzfristig zwar einen Widersacher vom Hals, kann aber auch eine Beziehung zerstören. Während Tiere dem Diktat ihrer Emotionen folgen müssen, können wir uns auch gegen unsere Gefühle entscheiden. Dadurch gewinnen wir mehr Möglichkeiten, angemessen zu reagieren.

Die Freiheit, Emotionen zu folgen oder auch nicht, haben wir nur, weil uns viele unserer Affekte bewusst sind: Gefühle, die wir wahrnehmen, machen uns flexibel. Erst wenn wir spüren, dass wir wütend werden, können wir das Beben in unserer Stimme unterdrücken und ganz bewusst leise sprechen – was oft viel wirksamer ist, als aus der Haut zu fahren. Wenn wir Angst aufkeimen spüren, können wir ihr sogar genau entgegen handeln, weil wir uns vom Zittern in den Knien nicht von einer neuen Erfahrung abhalten lassen wollen. Hunde dagegen würden schon deswegen nie Bungee springen, weil ihnen ihre Angst unbewusst bleibt. Sie sind ihrer instinktiven Furcht ausgeliefert und haben deshalb keine Wahl.

Negative Empfindungen drängen sich auf

Glück und Unglück sind also Lehrmeister, mit denen die Natur uns erzieht. Am unmittelbarsten spüren wir ihre Anweisungen in den elementaren Dingen des Lebens. Ziele, die wir zur Erhaltung unseres Daseins verfolgen sollen, machen uns Freude: Essen, Trinken, Sex, Freundschaften. Und das Wohlgefühl ist umso stärker, je größer der Mangel ist, den wir vorher gelitten haben. Der erste Schluck Wasser in der ausgetrockneten Kehle schmeckt am köstlichsten. Mit dem Mittel des Vergnügens verführt uns die Natur zu tun, was uns am meisten nützt.

Diese Steuerung durch Lust und Unlust muss aus biologischen Gründen vor allem danach streben, den Organismus in dem Betriebszustand zu halten, in dem er am besten funktioniert. Darum überwiegt Schmerz fast immer alle anderen Affekte. An dem Signal, dass etwas nicht stimmt, *sollen* wir nicht vorbeikommen. Es wird uns so lange quälen, bis wir alles für unseren Körper tun, was wir können – oft leider noch länger.

Generell erleben wir negative Gefühle intensiver als positive, und die unangenehmen Affekte werden auch leichter ausgelöst. Es ist leicht, uns mit einem Melodram zu rühren, und viel schwieriger, uns mit einem lustigen Film zum Kichern zu bringen. Diesen unangenehmen Zug unseres Wesens verdanken wir der Biologie: Zeigt man im neuropsychologischen Experiment Versuchspersonen fröhliche und traurige Bilder, so reagieren sie unwillkürlich auf die zweiten stärker. Der Mensch hat eine Vorliebe für Tragik.

Diese Voreinstellung hat sich im Laufe der Evolution bewährt: Angst, Trauer und Wut brachten unsere Vorfahren dazu, beim leisesten Rascheln im Gebüsch jede noch so fette Jagdbeute zu vergessen und sich in Sicherheit zu bringen. Auch heute noch scheuen wir das Risiko stärker, als wir das Glück suchen. Schlechte Nachrichten geben in jeder Zeitung größere Schlagzeilen ab als gute. Und Verluste tun mehr weh, als Gewinne in gleicher Höhe Freude bereiten.

Wir sind also eher auf die Erfahrung von Unglück als auf den Genuss des Glücks gepolt, empfinden Ärger und Niedergeschlagenheit schneller und heftiger als Freude. Dieses Erbe der Evolution, so lebensnotwendig es in kritischen Situationen auch ist, erklärt viele große und kleine Tragödien. Man muss gar nicht an Dramen wie das von Othello denken, dessen eifersüchtige Raserei die Liebe zu Desdemona so sehr überwog, dass er sie ermordete. Eine kleine Missstimmung am Ferienort: Die Sonne scheint, eine leichte Brise kühlt Ihre Haut, das Meer ist herrlich warm, und das Essen schmeckt. Mit Ihrem Begleiter verstehen Sie sich großartig. Doch mitten in diesem Idyll, vor dem Fenster Ihres Hotelzimmers, steht ein Baukran und surrt von morgens bis abends. Ein unerheblicher Schönheitsfehler angesichts all der Urlaubsfreude, und doch können Sie die Störung partout nicht ignorieren. Der Ärger droht Ihnen die ganze Reise zu vergällen. So kann unsere evolutionäre Programmierung sogar erklären, warum Jahr für Jahr Tausende von Deutschen wegen geringfügiger Mängel Prozesse gegen ihre Reiseveranstalter anstrengen.

Rechts Unglück, links Glück
Sehr beliebt in der Psycholiteratur ist die Vorstellung, dass die beiden Hirnhälften für verschiedene Seiten unserer Persönlichkeit stehen. Links, heißt es, seien Gefühle und Kreativität angesiedelt, rechts dagegen wohne die harte Vernunft. Das ist Unsinn, hat jedoch ein wahren Kern.
Tatsächlich praktiziert das Gehirn eine Art Arbeitsteilung zwischen links und rechts, wenn sich auch beide Hälften mit der Verarbeitung von Gefühlen beschäftigen. Bei negativen Emotionen ist jedoch eher die rechte Seite, in frohen Augenblicken mehr die linke Seite der Stirnhirns aktiv. Das zeigen Hirnscans von glücklichen und verängstigten Menschen. Wenn Leute mit Redeangst voll Lampenfieber auf ihren Auftritt warten, schlägt die rechte Hälfte ihres Stirnhirns Kapriolen. Und schon Säuglinge, denen Wissenschaftler Zitronensaft einflößen, reagieren mit verstärkten Hirnströmen rechts.

Entsprechendes lässt sich an Menschen mit Hirnschädigungen beobachten: Wen ein Schlaganfall im linken Vorderhirn getroffen hat, der versinkt häufig in schweren Depressionen – offensichtlich wurden Systeme für die guten Gefühle zerstört. Ein Blutgerinnsel im rechten Vorderhirn dagegen kann den Kranken in dauernde Fröhlichkeit versetzen. Das wäre nicht weiter schlimm, käme den Betroffenen dabei nicht jeglicher Bezug zur Wirklichkeit abhanden.

Dass sich Glück und Unglück so verschieden auf die Hirnhälften verteilen, hat mit der Datenverarbeitung in unseren Köpfen zu tun. Beide Seiten des Stirnhirns sind ständig damit beschäftigt, alles, was wir wahrnehmen, nach seinem Nutzen für den Organismus zu sortieren. So entsteht eine Art Datenbank unserer Vorlieben und Abneigungen. Diese vielen Informationen zu verwalten, macht sich das Stirnhirn durch Aufgabenverteilung leichter: Die rechte Hälfte ist vor allem für die üblen Seiten der Welt zuständig, die linke kümmert sich um die erfreulichen Dinge des Lebens. Der bevorstehende Urlaub ist also eher in den grauen Zellen links, der soeben kassierte Strafzettel rechts präsent.

Freude und Ärger sind ewige Rivalen; unaufhörlich liegen die beiden Hälften des Stirnhirns im Wettstreit um die Seele. Wichtig für unser Wohlbefinden ist: Die linke Seite kann gute Gefühle fördern und unangenehme dämpfen, vermutlich indem sie mäßigend auf tiefer im Schädelinneren gelegene Hirnareale einwirkt. Wir haben also einen natürlichen Aus-Schalter für negative Emotionen. Und indem wir lernen, Ärger, Wut und Angst unter Kontrolle zu halten, können wir diesen Schalter willentlich betätigen.

Gute Gefühle sind der Lohn des Handelns

Das Unglück kommt also von allein, um das Glück hingegen müssen wir uns bemühen. Denn während Angst, Wut und Trauer Antworten auf die Gefahren der Außenwelt sind, hat die Natur die angenehmen Gefühle eingerichtet, um uns in wünschenswerte Situationen zu locken. Glück ist die Belohnung für eine Handlung, die unserem Organismus gut tut.

Das ist der Grund, warum «Glück haben» nicht zu anhaltenden Glücksgefühlen führt. Ein Lotteriegewinn fällt uns zu, wir haben uns, vom Ausfüllen des Lottozettels einmal abgesehen, nicht weiter darum bemüht. Ein kurzes Triumphgefühl, ein bisschen Vorfreude auf all die Dinge, die wir uns jetzt leisten können – und schon geht das Gehirn zur Tagesordnung über. Eine Freundschaft hingegen, für die wir über Jahre hinweg viel getan haben, die auch Krisen überstanden hat, kann uns dauerhaft Geborgenheit und damit gute Gefühle schenken.

Die moderne Hirnforschung bestätigt somit, was schon die antiken Philosophen wussten, während es viele Menschen heute nicht wahrhaben wollen: Glück ist nichts Schicksalhaftes, nichts, was von außen über uns kommt. Vielmehr sahen die Denker im alten Griechenland im Glücklichsein die Konsequenz des richtigen Tuns. «Glück ist die Folge einer Tätigkeit», schrieb Aristoteles. Das Glück sei kein Geschenk des Zufalls oder der Götter, sondern werde dem zuteil, der seine Möglichkeiten optimal nutze. In einem aktiven Leben liege das Geheimnis von Freude und Erfüllung.

Nach allem, was wir heute über die Funktion unserer Seele wissen, kann es positive Emotionen nicht gratis geben. Wo die alten Denker von der «optimalen Erfüllung der menschlichen Möglichkeiten» sprachen, würde die moderne Wissenschaft den «optimalen Zustand des Organismus» anführen, den die Natur uns anstreben lässt. Der Kerngedanke der antiken Glücksphilosophie aber hat auch im Licht der heutigen Neurobiologie Bestand: Gute Gefühle sind kein Schicksal – man muss und kann sich darum bemühen.

Gibt es ein Glücksgen?

Schon Babys lassen erkennen, ob sie eher ausgeglichen-fröhliche oder aber reizbare Charaktere sind. Der amerikanische Neuropsychologe Richard Davidson hat nachgewiesen, dass diese Wesensunterschiede mit einem Ungleichgewicht zwischen den beiden Hirnhälften einhergehen. Davidson untersuchte zehn Monate alte Säuglinge und beobachtete, dass die Verteilung der Hirnströme unmittelbar auf das Temperament schließen lässt. Babys mit mehr Aktivität in der rechten Hirnhälfte begannen sofort zu weinen, wenn ihre Mütter sie verließen. Links dominierte Kinder weinten viel weniger. Wenn sie allein gelassen wurden, erkundeten sie ruhig krabbelnd den Raum.

Woher kommt diese Neigung zu positiven oder negativen Emotionen? Da sie sich schon so früh im Leben zeigen, scheinen die Muster der Hirnaktivität mindestens teilweise angeboren zu sein. Ist Glücklichsein also genetisch bedingt?

Niemand hat so sehr die Erblichkeit des Glücks propagiert wie der US-Psychologieprofessor David Lykken. «Möglicherweise sind alle Versuche, glücklicher zu werden, genauso zum Scheitern verurteilt wie der Versuch, größer zu werden», hat er einmal geschrieben.

Lykken leitet seine ein wenig deprimierende These aus den Ergebnissen der Zwillingsforschung ab: Fragt man eineiige Zwillinge nach ihrer Lebenszufriedenheit, so geben sie viel öfter übereinstimmende Antworten als normale Geschwister. Das gilt auch, wenn sie als Kleinkinder getrennt wurden und in verschiedenen Familien aufgewachsen sind. Gleiche Erfahrungen und Lebensumstände können also nicht der Grund für den ähnlich hohen Glückspegel sein. Als Erklärung bleibt das Erbgut, das bei eineiigen Zwillingen zu hundert Prozent identisch ist.

Was ist von diesen Studien zu halten? Fraglos haben die

Gene Einfluss auf unsere Persönlichkeit und damit auch auf die Neigung zu Fröhlichkeit oder Niedergeschlagenheit. Zum Beispiel sind Depressionen wenigstens zum Teil erblich bedingt: Menschen mit Verwandten ersten Grades, die erkrankt sind, werden mit vierfach erhöhter Wahrscheinlichkeit selbst irgendwann im Leben eine Depression durchmachen. Ähnliche Zahlen gelten für andere seelische Störungen wie Schizophrenie. Indem Gene Entstehung und Verlauf von Krankheiten beeinflussen, können sie durchaus unsere Glücksfähigkeit verringern.

Doch Gene funktionieren nicht wie eine Computerroutine, die immer dasselbe tut. Was ein bestimmtes Gen im Körper anstellt, hängt von Wechselwirkungen mit der Außenwelt ab. Gerade Gehirn und Nervensystem, die letztlich über Glück und Unglück entscheiden, sind stark von Umweltreizen geprägt.

Gene sind also kein Schicksal. Das stellte auch Richard Davidson fest, als er die Kinder, die er als Babys untersucht hatte, zehn Jahre später noch einmal in sein Labor holte: Vom ehemaligen Muster der Hirnströme war nicht mehr viel zu erkennen. Manche Kinder, in deren Köpfen früher die linke Hirnhälfte die Übermacht hatte, zeigten jetzt die meiste Aktivität rechts; bei anderen war es genau umgekehrt. So stark hatten die Erlebnisse der Zwischenzeit ihr Temperament beeinflusst.

Glück ist nicht das Gegenteil von Unglück

Wie oft hoffen wir, das Wohlbefinden käme schon ganz von selbst, wenn ein Ungemach, das uns gerade plagt, nur beendet sei? Wäre das Projekt, das uns Abend für Abend im Büro zubringen lässt, endlich erledigt; erlöste uns nur endlich der oder die Richtige von den einsamen Stunden: Alles Weitere würde sich dann schon finden.

Dahinter steht die Vorstellung, dass ein Leben ohne Leid automatisch zum Glück führen müsse. Glücklich sei der, den kein Unglück heimsucht. Es klingt logisch, dass Glück und Unglück einander ausschließen, dass sie sich verhalten wie Kinder auf einer Wippe: Stets kann nur eines oben sein.

Doch das ist ein Irrtum. Wie wir heute wissen, werden positive und negative Gefühle im Gehirn von unterschiedlichen Systemen erzeugt. Und um sich gut zu fühlen, genügt es keineswegs, einfach nur frei von Leid zu sein. Das ist eine wichtige Erkenntnis, denn aus ihr folgen eine ganze Reihe von Empfehlungen, sein Leben zu führen. Machen wir zunächst ein kleines Gedankenexperiment.

Stellen Sie sich vor, Sie sind Bergsteiger und haben sich in den Hochalpen verlaufen. Nach ein paar Stunden des Herumirrens haben Sie zwar den Weg wieder gefunden, aber es ist spät geworden. Sie wissen, dass Sie es bei Tageslicht nicht mehr ins Tal schaffen werden. Ein Wind ist aufgekommen und hat Wolken gebracht, bald darauf fallen die ersten Tropfen. Nirgends ein Unterstand. Der Wind bläst Ihnen den Regen direkt ins Gesicht, die Hose klebt an den Beinen. Sie frieren, fühlen sich elend und ärgern sich über die eigene Unachtsamkeit, die Sie so viel Zeit verlieren ließ. Jetzt bleibt Ihnen nur, trotz Kälte, Regen und einsetzender Dämmerung weiterzugehen.

Plötzlich sehen Sie einen Felsvorsprung. Sie kriechen darunter. Hier bläst kein Wind, und der Boden ist trocken. Sie packen Ihre Thermoskanne aus, nippen am heißen Tee und spüren, wie Wärme Ihren Körper durchflutet. Sie entspannen sich und fühlen Erleichterung, ja geradezu Wohlbehagen. Doch gleich darauf fällt Ihnen ein, wie lang der Weg ins Tal ist, der noch vor Ihnen liegt. Und die nassen Kleider kleben immer noch am Körper. Aber haben Sie nicht trotzdem gerade so etwas wie Glück empfunden? Oder vielleicht sogar Glück und Unglück zugleich?

Wir können Ärger und Freude zugleich empfinden

Tatsächlich wirbelt Ihnen in einem solchen Moment ein Kaleidoskop von Empfindungen durch den Kopf: einige angenehm, andere unangenehm, und sie alle bestehen nebeneinander. Dermaßen doppeldeutig fühlen wir häufig, nur machen wir uns die Feinheiten unserer Empfindungen oft nicht bewusst. Wenn Sie nach hervorragenden Leistungen eine Gehaltserhöhung von 300 Euro im Monat erwarten, aber nur 150 Euro bekommen, ärgern Sie sich, weil Sie Ihren Einsatz für das Unternehmen nicht anerkannt sehen. Zugleich aber fühlen Sie Freude über das zusätzliche Einkommen. So verschmilzt der positive Affekt der Freude mit Wut, einem negativen Gefühl. Es gibt Angstlust – das wohlig-schaurige Gefühl, wenn wir einen Horrorfilm sehen –, und auch Hassliebe ist nicht nur ein Wort. Welcher junge Vater, welche junge Mutter hätte die vergötterten Kinder noch nie zum Teufel gewünscht?

Paradox ist das nur auf den ersten Blick. Dass ein Mensch nicht glücklich sein kann, wenn er sich als unglücklich bezeichnet, scheint klar. Trotzdem gibt es solche Momente. Wenn wir uns die Empfindungen, die uns umtreiben, genauer anschauen, löst sich der verwirrende Gegensatz auf. Vielleicht erkennen wir unser positives Gefühl als Freude und das negative als Wut. Diese beiden aber können sehr wohl nebeneinander bestehen.

Um solche scheinbaren Widersprüche besser zu verstehen, hilft es, an Sinneswahrnehmungen zu denken. Denn beim Schmecken und Riechen sind wir damit vertraut, dass verschiedene Empfindungen sich nicht ausschließen. Oft macht gerade der vermeintliche Gegensatz den Reiz einer Speise aus: Bittersüße Schokolade oder das chinesische Gericht «Schweinefleisch süßsauer» sind Beispiele dafür. Solche Geschmacksnuancen machen nicht nur ein Menü erst richtig interessant. Auch wenn es um kompliziertere Empfindungen geht, besteht die Lebenskunst darin, das Glück im Unglück und das Unglück im Glück zu erkennen.

Gute Gefühle vertreiben die schlechten

Dass Freude und Ärger, Lust und Schmerz einander nicht ausschließen, liegt an der Organisation des Gehirns. Es gibt keinen Generator von unangenehmen Gefühlen im Organismus, der mal mehr, mal weniger arbeitet und in den Momenten höchster

Glückseligkeit ganz abgestellt ist. Vielmehr existieren für die angenehmen und für die unangenehmen Affekte verschiedene Systeme im Hirn. Und diese können miteinander, nebeneinander, aber auch gegeneinander arbeiten.

Man kann sogar sehen, dass Lust in unseren Köpfen auf andere Weise zustande kommt als Unlust. Computerscans von den Gehirnen glücklicher und trauriger Menschen zeigen, dass es eigene Schaltkreise für die guten und die üblen Gefühle gibt. Wären Glück und Unglück Gegensätze, dann müssten alle Hirnareale, die in frohen Momenten auf den Bildern kräftig aufleuchten, bei gedrückter Stimmung umso schwächer erscheinen und umgekehrt. Dem ist aber nicht so.

Und doch sind angenehme und unangenehme Emotionen nicht ganz unabhängig voneinander. Wir können himmelhoch jauchzend und zutiefst betrübt sein, aber normalerweise sind wir eher das eine oder das andere. Denn die Hirnsysteme für negative und positive Empfindungen sind so miteinander verbunden, dass ein gutes Gefühl schlechte verhindern kann und umgekehrt. Abendlicher Ärger über ein Missgeschick der Kinder kann die Zufriedenheit über einen ganzen erfolgreichen Tag verderben. Und ein wenig Freude verjagt viel Niedergeschlagenheit. Das lässt sich an den Gesichtern einer deutschen Großstadt ablesen, wenn sich nach langen Regenwochen endlich die Sonne zeigt.

Zwei Wege, unsere Stimmung zu heben

Unentwegt kommt es in unserem Gehirn zu Machtproben zwischen widersprüchlichen Regungen. Dieses Prinzip von Spieler und Gegenspieler gibt uns die Chance, gleich an zwei Stellen den Hebel anzusetzen, wenn wir unsere Stimmung beeinflussen wollen. Den größten Erfolg wird freilich haben, wer beide Methoden kombiniert. Wenn wir die Regelkreise der Seele kennen, ist uns das möglich.

Wer jeden Morgen auf dem Weg zur Arbeit im Stau steht, leidet zu Recht. Eine Menge von dem, was uns biologisch bedingt zum Angriff oder zur Flucht reizt, kommt hier zusammen: die Enge im Wagen; der Lärm der Motoren; die Angst, wieder einen

Termin zu versäumen; und am schlimmsten die Erfahrung, machtlos zwischen den Stoßstangen eingekeilt zu sein. Ganz automatisch wird in unserem Organismus eine Stressreaktion ausgelöst. Die Folgen sind Wut, Ungeduld, ziellose Erregung und, wenn man endlich angekommen ist, Erschöpfung.

Das nächstliegende Mittel gegen diese Misere wäre natürlich, das morgendliche Verkehrschaos zu meiden. Oft ist das nicht möglich. Wer jedoch weiß, wie das Gehirn mit Emotionen umgeht, wird andere Wege finden, seine Laune zu bessern.

Zum einen haben wir die Möglichkeit, unsere negativen Gefühle direkt zu dämpfen. Wir könnten zum Beispiel die Zeit im Wagen für Hörbücher oder einen Sprachkurs vom Band nutzen und so das Gefühl der Machtlosigkeit gegenüber der Umgebung lindern. Oder aber wir versuchen, positive Gefühle wachzurufen. Zum Beispiel könnten wir uns angewöhnen, uns nach der Ankunft nicht gleich in die Arbeit zu stürzen, sondern erst einen Cappuccino zu trinken und ein duftendes Croissant zu essen. Die Vorfreude auf das zweite Frühstück wird schon im Auto unsere Stimmung heben. Denn in Erwartung eines freudigen Ereignisses schüttet das Gehirn Botenstoffe aus, die uns Lust erleben lassen. Und weil die Regelkreise von Lust und Stress zusammenhängen, kann die frohe Erwartung dem Ärger direkt entgegenwirken.

Wir werden noch andere Arten kennen lernen, die Neurobiologie der Gefühle für mehr Wohlbefinden zu nutzen. Viele davon beruhen wie das simple Beispiel vom Autofahrer auf zwei Erkenntnissen: Erstens haben wir oft ungeahnte Freiheiten darin, unsere Wahrnehmung einer Situation zu verbessern – selbst dann, wenn wir diese Lebenslage selbst nicht beeinflussen können. Zweitens können wir lernen, mit positiven Erlebnissen schlechte Gefühle zu verdrängen.

Schon immer haben sich die Philosophen gefragt, ob man auf dem Weg zum Glück möglichst viel Freude oder möglichst wenig Leid anstreben sollte. Im Licht der heutigen Wissenschaft stellt sich diese Frage als müßig heraus. Wir können beides haben.

Wie Forscher dem Hirn bei der Arbeit zusehen

Früher mussten Wissenschaftler den Kopf öffnen, wenn sie ein Gehirn untersuchen wollten. Heute ist das nicht mehr nötig. Neue Verfahren der Computertomographie haben es möglich gemacht, das Gehirn durch die Schädeldecke hindurch zu studieren – und es dabei zu beobachten, wie es wahrnimmt, denkt und fühlt.

Das hat im letzten Jahrzehnt eine Revolution in der Hirnforschung ausgelöst. Seither können Wissenschaftler systematisch und ohne Risiko untersuchen, wie das Gehirn als Ganzes funktioniert. Dazu stellen sie ihren Versuchspersonen eine einfache Aufgabe, zum Beispiel, ein Puzzle zu lösen oder sich an einen Moment zu erinnern, in dem sie verliebt waren. Diesen Auftrag erledigen die Probanden, während sie in der Röhre eines Computertomographen liegen.

Um festzustellen, was dabei im Kopf vorgeht, haben sich zwei verschiedene Methoden durchgesetzt. Bei der Positronen-Emissions-Tomographie (PET) wird der Versuchsperson vorher eine schwach radioaktive Flüssigkeit gespritzt. Der Blutstrom befördert die strahlenden Teilchen, meist Sauerstoff oder Kohlenstoff, in den Kopf. Dort werden sie vor allem von denjenigen grauen Zellen aufgenommen, die gerade besonders aktiv sind. Von diesen Neuronen geht deshalb eine leichte Strahlung aus. Sie wird von Detektoren empfangen, die rund um den Kopf angeordnet sind. Ein Computer errechnet aus den Signalen eine Art Landkarte, auf der die aktiven Teile des Gehirns farbig erscheinen. Das Muster zeigt, welche Hirnareale für die gestellte Aufgabe wichtig sind.

Die funktionelle Kernspinresonanztomographie (NMR), die zweite Methode, funktioniert ähnlich, kommt aber ohne radioaktives Kontrastmittel aus. Stattdessen herrscht im Tomographen ein starkes, aber ungefährliches Magnetfeld. Dieses richtet die Atomkerne aus, die wie winzige Kompasse im Zentrum aller Teilchen kreiseln. Verschiedene Stoffe reagieren unterschiedlich auf das Magnetfeld. So hat sauerstoffreiches Blut etwas andere magnetische Eigenschaften als sauerstoffarmes. Detektoren können daher aufzeichnen, wohin das sauerstoffreiche Blut fließt und welche Regionen im Kopf folglich gerade besonders aktiv sind. Auch hier übersetzt wiederum ein Computer die Daten in farbige Bilder.

Kapitel 2: Glück lernen

Mögen Sie Chilis? Wenn ja, dann wahrscheinlich in Messerspitzenmengen. Aus der Sicht Ihres Körpers haben Sie Recht, denn die Pfefferschoten enthalten einen Stoff namens Capsaicin, der die Schleimhäute reizt und in Nervenzellen ähnliche Reaktionen auslöst, als hätten wir uns verbrannt. Schon die alten Chinesen schlugen mit Pfefferbomben ihre Feinde in die Flucht. Heute dienen Chili-Sprays der Polizei als wirksame Waffe. Vermutlich lässt Sie bereits die Vorstellung erschauern, herzhaft in eine reife rote Pfefferschote zu beißen.

Doch mehr als eine Milliarde Menschen genießen genau dieses Gefühl. Weil Mexikaner, Inder und Thais gemahlene Pfefferschoten nicht messerspitzen-, sondern löffelweise ins Essen befördern, wird heute weltweit mehr Chili verbraucht als jedes andere Gewürz. Ohne das Feuer im Mund wäre die Küche ganzer Nationen undenkbar.

Besitzen also die Menschen in den heißen Ländern andere Gene? Oder haben sie mit Currys und Chili con carne ihren Geschmackssinn abgestumpft? Weder – noch. Capsaicin reizt ihre Schleimhäute genauso wie die unseren. Einen Unterschied allerdings gibt es. Er liegt nicht auf der Zunge, sondern im Gehirn: Wer Chilis schätzt, hat *gelernt*, das Brennen zu lieben, das andere abschreckt.

Das Gehirn lässt sich umprogrammieren

Von Natur aus mögen wir Süßes und verabscheuen scharfe und bittere Speisen, wie sich an Kindern leicht beobachten lässt. Diese Vorlieben sind tief in unser Gehirn einprogrammiert. Wir teilen sie mit Mäusen, Katzen und Affen, denn sie sind ein Erbe der Evolution. Aber kein Tier würde je eine Speise anrühren, die Schmerzen erzeugt. In Mexiko verhungern die Ratten lieber, als sich scharfe Essensreste aus den Mülltonnen zu holen. Menschliche Gefühle hingegen sind flexibel: Wir können lernen, uns an etwas zu erfreuen, was uns von Natur aus nicht nur gleichgültig, sondern sogar zuwider war.

Dabei wird das Gehirn umprogrammiert: Die Verdrahtung im Kopf ändert sich. Dass dies möglich ist, hätten Wissenschaftler noch vor kurzem nicht geglaubt. Man dachte vielmehr, das Gewirr der grauen Zellen werde irgendwann vor oder kurz nach der Geburt angelegt und ändere sich dann im Laufe des Lebens kaum noch. Dieses Bild ist falsch. Wie wir seit ein paar Jahren wissen, ist das menschliche Gehirn in Wahrheit so wandlungsfähig wie kaum ein anderes System, das die Natur hervorgebracht hat.

Der Genuss von Chilis setzt mit Schmerz verbundenes Lernen voraus. Es gibt sanftere Wege, sich ein Stück Glück zu erobern: Wenn wir mehr und mehr Duftnoten in einem guten Glas Wein entdecken; wenn wir zu schätzen beginnen, wie ein Mensch sich gibt und aus dem Bekannten ein Freund wird; oder wenn wir es uns zur Gewohnheit machen, morgens nach dem Aufstehen ein paar Minuten das Morgenlicht zu bewundern, bevor wir den Kopf in die Zeitung versenken.

Jedes Mal haben wir etwas gelernt. Wir haben uns eine neue Art und Weise angeeignet, etwas zu erleben oder zu tun. Und sosehr sich auch der Beginn einer Freundschaft von der Schulung des Geschmacks unterscheidet – die Grundvorgänge im Gehirn sind dieselben. Etwas funktioniert nun anders als zuvor. Im Netz der grauen Zellen sind neue Maschen geknüpft worden.

Wie das Gehirn lernt

Ende des 19. Jahrhunderts begann der russische Forscher Iwan Pawlow im Universitätskrankenhaus von Sankt Petersburg mit Experimenten, deren Ergebnisse noch heute sprichwörtlich sind. Pawlow fütterte seine Hunde immer dann, wenn er zuvor ein laut tickendes Metronom angestellt hatte. Nach kurzer Zeit lief den «Pawlow'schen Hunden» schon der Speichel im Mund zusammen, sobald sie nur das Ticken hörten – auch wenn weit und breit kein Futter in Sicht war. Die Tiere hatten gelernt, zwei Reize, die zuvor nichts miteinander zu tun hatten, in Verbindung zu bringen. Damit hatte Pawlow die Grundlagen des Lernens entdeckt.

Es sollte allerdings noch viele Jahrzehnte dauern, bis Wissenschaftler diese Vorgänge genau erklären konnten. Erst mussten sie die kleinsten Einheiten des Gehirns erforschen, die Neuronen. Jede dieser grauen Zellen ist ein winziger Computer und verarbeitet elektrochemische Signale, die sie von ihren Nachbarn empfängt. Dabei funktionieren die Zellen nach der Devise «Gleich und Gleich gesellt sich gern»: Wenn zwei Neuronen immer wieder zur gleichen Zeit aktiv werden, gewissermaßen parallel «feuern», wird die Brücke zwischen ihnen, die Synapse, verstärkt.

So feuerten in den Köpfen der Pawlow'schen Hunde Hirnzellen gleichzeitig, die auf «Fleisch» und auf «Ticken» ansprachen. Je öfter dies geschah, desto mehr festigte sich zwischen diesen Neuronen eine Verbindung. Bald war sie so stark, dass die Zellen, die als Reaktion auf das Ticken feuerten, die Schaltungen für den Appetit gleich mit ansprangen ließen.

Diesem Prinzip haben Sie es zu verdanken, dass Sie sich vermutlich schon lange nicht mehr an einer Herdplatte verbrannt haben. Durch ein paar schmerzliche Erlebnisse im Kindesalter ist in unserem Kopf eine so kräftige Verbindung zwischen «Herd» und «heiß» entstanden, dass wir beim Kochen unwillkürlich vorsichtig sind. Aber auch wenn wir Vokabeln lernen, die Schritte eines neuen Tanzes einüben oder Geschmack an einer exotischen Frucht finden, verändern wir Verknüpfungen in unserem Gehirn.

Diese Umbauten kosten die Zelle Energie. Deswegen kommen sie nur in Gang, wenn feststeht, dass sich der Aufwand lohnt. Erst wenn die Reize, die im Gedächtnis verknüpft werden sollen, oft genug gemeinsam aufgetreten sind, wachsen im Kopf neue Brücken. Deshalb können wir uns meist nur durch wiederholtes Üben etwas einprägen. Ein wenig gleichen die Vorgänge im Gehirn dem Gedeihen eines Gartens. In beiden Fällen muss um Nährstoffe und Platz konkurrieren, was wachsen will. Diese Nährstoffe, so genannte Nervenwachstumsfaktoren, setzt das Gehirn bevorzugt dort ein, wo Synapsen aktiv sind. Deshalb verkümmern Nervenverbindungen, die selten genutzt werden, allmählich wie Pflanzen in einem Beet ohne Dünger. Dieser Abbau hat seinen Sinn: Erst wenn alte Verknüpfungen verschwinden, kann ein Hirnteil eine neue Funktion übernehmen – wer ein neues Beet bepflanzen will, muss erst einmal Unkraut jäten. Auf diesem Weg können wir schädliche Gewohnheiten vergessen und uns neue aneignen.

Andererseits heißt das, dass graue Zellen wie Muskeln ständiges Training brauchen, damit sie in Form bleiben. Talente, die wir nicht nutzen, verkümmern. Das gilt für alle Leistungen des Gehirns: Wie das Tippen an der Schreibmaschine, fließendes Englisch oder genaue Wahrnehmung, so müssen wir auch unsere Fähigkeit zum Glück trainieren.

Die Welt entsteht im Kopf

Wie beim Umgang mit negativen Emotionen gibt es auch hier wieder zwei Wege, wenn wir unser Gefühlsleben verwandeln wollen: Wir können nicht nur die Reize ändern, denen wir uns aussetzen, sondern auch die Art, wie wir sie wahrnehmen. Wer nicht unter dem Schmerz von Chilis im Mund leiden will, kann entweder scharfe Gerichte meiden oder das Brennen auf der Zunge genießen lernen.

Denn die Welt, wie wir sie erleben, entsteht in unseren Köpfen. Wenn wir einen Film sehen, erzeugt das Gehirn automatisch die Vorstellung, dass sich die Schauspieler bewegen, obwohl es sich nur um flimmernde Einzelbilder handelt. Wenn wir einen Apfel essen, spüren wir sein Aroma auf der Zunge. Wir glauben es zu schmecken, obwohl wir ohne unseren Geruchssinn kaum zwischen dem Apfel und einer rohen Kartoffel unterscheiden könnten.

Doch die Art, wie unser Gehirn verarbeitet, was ihm Auge und Ohr, Nase und Zunge melden, können wir zumindest teilweise durch Übung beeinflussen. Zum Beispiel sind wir fähig, unsere Sinne so lange zu verfeinern, bis wir einen Rotwein an seinem Bouquet erkennen. Genauso können wir aber auch lernen, die Nörgeleien eines Kollegen mit Humor zu nehmen.

Auf dieser Erkenntnis beruhen die bewährtesten Verfahren der Psychotherapie. Besonders die Verhaltenstherapie setzt darauf, Patienten durch Übung beizubringen, auf eine Situation mit anderen Emotionen zu antworten als bisher. So kann sich zum Beispiel ein krankhaft schüchterner Mensch daran gewöhnen, vor einer Party keine Angst mehr zu haben; Spinnenphobiker bringen es nach einer solchen Behandlung fertig, eine haarige Vogelspinne über ihre Hand krabbeln zu lassen. Eine Psychotherapie will dem Patienten helfen, negative Emotionen zu bändigen, die sein Leben beeinträchtigen. Ähnliche Methoden lassen sich jedoch nutzen, um die guten Gefühle zu stärken.

Hat sich nun Ihre schlechte Laune nach dem Aufstehen gebessert, weil Sie sich mehr und mehr am Morgenlicht freuen können? Oder erleben Sie umgekehrt die Farben am Himmel immer intensiver, weil Ihre Stimmung fröhlicher ist? Beides. Im Gehirn sind Ursache und Wirkung selten voneinander getrennt. Oft ist es nicht sinnvoll zu fragen, ob die Henne zuerst da war oder das Ei. Wie wir schon gesehen haben, sind die meisten Schaltungen im Kopf so eng miteinander verknüpft, dass fast jedes Ereignis wieder auf sich selbst zurückwirken kann. In der Technik heißt dieses Prinzip Regelkreis. Wenn wir es richtig nutzen, setzen wir eine Aufwärtsspirale in Gang, die das Gehirn zunehmend verändert: Wir lernen gute Gefühle.

Ärger und Angst unter Kontrolle bringen

Wie Lachfältchen sich in das Gesicht eines Menschen eingraben, der oft fröhlich war, hinterlassen Gefühle im Hirn ihre Spuren. Denn die Wirkung von Emotionen wie Freude oder Trauer, die wir immer wieder erleben, ähnelt der von Wassertropfen, die einen Berghang hinabfließen: Jeder Tropfen für sich ist rasch wieder verschwunden, aber viele Tropfen graben sich mit der Zeit ein Bachbett, einen Flusslauf, ein Tal. Fröhlichkeit kann zur Gewohnheit werden, Missmut ebenso. Deshalb gilt es, positive Emotionen zu kultivieren und negative Gefühle im Zaume zu halten.

Ein einfaches Beispiel: Wenn Sie in einen Wutanfall ausbrechen und den Autofahrer anschreien, der Ihnen gerade den Parkplatz weggenommen hat, als Sie schon den Blinker gesetzt hatten, mag Ihnen das vielleicht ein paar Augenblicke lang Befriedigung verschaffen. Den Parkplatz allerdings werden Sie so auch nicht bekommen. Und, was schlimmer ist: Sie haben der Wut auch in künftigen Situationen einen Weg gebahnt. Wenn sich das nächste Mal im Verkehr jemand rücksichtslos benimmt, wird Ihre Reaktion vermutlich noch heftiger ausfallen, denn Sie haben gelernt, auf einen unverschämten Fahrer mit Ärger zu reagieren. Seine Wut mit einem Wutanfall bekämpfen zu wollen heißt also, Öl in die Flammen zu gießen. Statt das unangenehme Gefühl zu beherrschen, werden wir ihm in Zukunft nur noch mehr ausgeliefert sein.

Unser Gehirn hat die Fähigkeit, negative Emotionen zu kontrollieren, wie wir im letzten Kapitel gesehen haben. Auch wenn es nicht jedem und nicht immer leicht fällt: Wir können uns beherrschen, selbst wenn wir starke Wut oder Angst spüren. Sich in Selbstbeherrschung zu üben lohnt sich, denn so beeinflussen wir unser Gehirn gleich zweifach: Zum einen wirken wir dem Aufkeimen negativer Gefühle entgegen, zum anderen stärken wir unsere Fähigkeit, Ärger und Angst im Zaum zu halten, sollten sie doch einmal entstehen. Wie die meisten Fertigkeiten müssen wir auch die bewusste Kontrolle der Emotionen trainieren, denn in den meisten Fällen funktioniert Lernen nur durch Wiederholung. Auf Dauer verändern wir so die Struktur unseres Gehirns – mit der Folge, dass der Umgang mit negativen Gefühlen allmählich leichter fällt.

Die schönen Momente des Lebens auskosten

Im Gegensatz zur wütenden Reaktion am Steuer lernen wir viele Dinge nur, wenn wir uns bewusst mit ihnen beschäftigen. Versuchen Sie einmal, als Anfänger ohne hellwache Konzentration ein Fahrrad zu lenken oder Ski zu fahren! Ganz offenbar verstärkt die bewusste Wahrnehmung einer Sache ihre Verankerung im Gehirn.

Auch gute Gefühle entfalten eine umso stärkere Wirkung, je mehr wir uns mit ihnen befassen. Wer also die schönen Momente des Lebens so intensiv auskostet wie irgend möglich, handelt vernünftig: Er prägt sein Gehirn zum Guten.

Die buddhistische Philosophie lehrt das seit langem. Wie sehr die Aufmerksamkeit für die eigenen Gefühle den Geist formt, hat Thich Nhat Hanh beschrieben, ein Zen-Mönch und Schriftsteller aus Vietnam, der nach Frankreich auswanderte und nun den Menschen im Westen seine Religion verständlich machen will:

«Traditionelle Schriften beschreiben das Bewusstsein als ein Feld, ein Stück Land, auf dem alle möglichen Arten von Samen gesät werden können – Samen für Leiden, für Glück, Freude, Kummer, Furcht, Ärger und Hoffnung. Und die Gefühlserinnerung wird als ein Vorratslager beschrieben, das mit all unseren Samen angefüllt ist. Sobald ein Same sich in unserem geistigen Bewusstsein manifestiert, wird er stets kraftvoller ins Vorratslager zurückkehren.

Jeden einzelnen Moment, in dem wir etwas Friedvolles und Schönes wahrnehmen, bewässern wir die Samen für Frieden und Schönheit in uns. Während derselben Zeit werden andere Samen wie Angst und Schmerz nicht bewässert.»

Auf die Wahrnehmung kommt es an

Unser gewohntes westliches Denken betont den Wert der richtigen Entscheidung: Wenn wir nur an den Scheidewegen unseres Daseins richtig handelten, würde sich vieles zum Besseren wenden. Nach der buddhistischen Tradition – und auch der antiken Philosophie – hingegen kommt es mehr darauf an, gute Gewohnheiten in uns zu verankern, weil diese die Seele formen. Unser Augenmerk soll nicht in erster Linie darauf liegen, die Umstände zu ändern, sondern uns selbst. Mit einer zum Glück bereiten Seele suchen wir dann automatisch Situationen, die uns froh stimmen.

Die heutige Hirnforschung bestätigt, dass unsere Wahrnehmung von Glück weit mehr davon abhängt, wie unser Gehirn empfindet, als von den äußeren Umständen. Außerdem zeigt sie, dass einmalige Anstrengungen nicht ausreichen, um unsere Reaktionen zu ändern. Wiederholung und Gewohnheit sind nötig, um das Gehirn neu zu verdrahten. Das setzt die Bereitschaft zu etwas Mühe voraus.

Wir sind bereit, sehr viel zu geben, wenn es um Status, Karriere oder die Erziehung unserer Kinder geht – Ziele, die allesamt außerhalb unserer Person liegen. Doch wenn es gilt, unsere Tage glücklicher zu erleben, sind wir mit unserer Energie seltsam knauserig. Dabei ist die Glücksformel ganz einfach. «Die eigentlichen Geheimnisse auf dem Weg zum Glück sind Entschlossenheit, Anstrengung und Zeit», erklärt der Dalai Lama.

Die Wissenschaft kann da nur zustimmen.

Kapitel 3: Die Gesichter des Glücks

Oft heißt es, wir heutigen Menschen verhielten uns noch immer nach den Spielregeln der Steinzeit. Nach dieser Lesart sind wir nichts anderes als Neandertaler mit Krawatte. Und mancher Chef, der durch das Büro poltert, erinnert ja wirklich an einen Keulen schwingenden Jäger: Mit seinem Imponiergehabe verweist er die Männer seiner Horde auf ihre Plätze, um die Frauen für sich zu gewinnen.

Ganz richtig sind solche Deutungen trotzdem nicht. Ohne Frage haben die Menschen des 21. Jahrhunderts die Art, wie sie auf ihre Umwelt reagieren, zumindest teilweise von ihren Urahnen geerbt. Und doch sind die Emotionen, die hinter diesen Verhaltensweisen stehen, viel älter.

Sie stammen aus dem Tierreich. Welcher Tierfreund will bei seinen Hausgenossen nicht manchmal Zeichen von Freude und Trauer, Liebe und Hass entdeckt haben? Ein Kater, der gekrault wird, schnurrt vor Wohlbehagen, ein gescholtener Hund kneift den Schwanz ein und trollt sich. Elefanten kehren immer wieder zu den Überresten ihrer Verstorbenen zurück, und sogar manche Vögel scheinen unter Liebeskummer zu leiden: Graugänse, deren Lebenspartner gestorben sind, bleiben mitunter jahrelang allein und zeigen alle Symptome einer Depression.

Allerdings dürfen solche Beobachtungen nicht zu dem Schluss verleiten, dass diese Geschöpfe wirklich dasselbe empfinden wie Menschen. Schließlich können wir nicht in ihren Köpfen lesen, und sie haben keine Sprache, uns ihr Innenleben mitzuteilen. Doch auch wenn die Wissenschaft bislang nicht weiß, ob und was Tiere fühlen, besteht kein Zweifel daran, dass sie zu Emotionen sehr wohl fähig sind. Wir erinnern uns: Eine Emotion ist ein Programm, das automatisch abläuft. Meist ist der Körper daran beteiligt. Ein Gefühl dagegen haben wir, wenn wir diesen Vorgang bewusst wahrnehmen.

Gegen seine Emotionen zu kämpfen ist sinnlos

Die Emotion ist also der Kern eines Gefühls. Und da Emotionen ihren Ursprung im Tierreich haben, sind sie fest in unseren Hirnen verankert. Was wir fühlen und was wir wollen, wird zu einem großen Teil von Programmen bestimmt, die viel älter sind als der Mensch. Dieses Erbe der Evolution können wir nicht abschütteln – auch wenn manche Glaubenslehren uns das Gegenteil weismachen wollen.

Der Philosoph Immanuel Kant bezeichnete die menschlichen Leidenschaften sogar als Krankheiten der Seele. Doch wer dieser Sicht anhängt, zieht gegen sich selbst in den Krieg. Es gibt wirklichkeitsnähere Wege, mit seinen Emotionen zu leben. Zuallererst kommt es darauf an, die Anlagen zu akzeptieren, mit denen die Evolution uns ausgestattet hat. Wir können sie nicht ändern – und haben auch keinen Grund dazu. Denn im Gegensatz zu allen anderen Geschöpfen der Natur sind wir unseren Trieben nicht hilflos ausgeliefert: Wir können sie kontrollieren, können entscheiden, welchen Leidenschaften wir folgen und welchen wir ausweichen möchten. Und wir haben die Möglichkeit, unser Leben so zu gestalten, dass es mit unseren Anlagen im Einklang steht.

Ein Mittel gegen die Leidenschaften kann nichts nützen, eine Gebrauchsanweisung für sie dagegen sehr viel. Doch wer mit seinen Leidenschaften leben will, muss sie zuerst kennen lernen. Deshalb stellt dieses Kapitel die vier grundlegenden, zutiefst im menschlichen Wesen verwurzelten Wohlgefühle vor: Vorfreude, Genuss, Liebe und Geborgenheit. In späteren Kapiteln werden wir sehen, wie wir mit diesen Anlagen so umgehen, dass sie uns möglichst häufig Glückszustände bescheren.

Die Energie der Vorfreude

Eine neue Liebe, eine Reise in unbekannte Gegenden oder auch nur die allerersten Bilder eines Films: Wir sind unruhig, unser Herz klopft. Ein Versprechen scheint in der Luft zu liegen. Wir hoffen auf etwas, was wir noch gar nicht benennen können –

eine unerwartete Wendung des Lebens, ein Erlebnis, das uns verzaubert. Und fürchten zugleich, dass sich das Neue, das uns erwartet, als gar nicht so erfreulich herausstellen könnte. So nehmen wir gespannt alles wahr, was uns auch nur den geringsten Hinweis auf das Kommende geben könnte. Der Blick des Reisenden schweift schon bei der Ankunft auf dem Flughafen neugierig umher. Und ein Verliebter springt wie eine Feder auf, sobald das Telefon klingelt. «Schmetterlinge im Bauch» nennt der Volksmund dieses Gefühl kribbeliger Energie.

In solchen Momenten der Spannung und Vorfreude stehen wir unter dem Einfluss einer der mächtigsten Drogen, die sich unser Gehirn selbst herstellt: Dopamin. Dieser Botenstoff ist ein wahrer Tausendsassa: Er macht uns wach und lenkt unsere Aufmerksamkeit; er steigert Neugierde, Lernvermögen und Phantasie, Kreativität und Lust auf Sex. Das Gehirn schüttet ihn immer dann aus, wenn wir etwas oder jemanden begehren – ganz gleich, ob uns der Duft einer Bäckerei in die Nase steigt, ein attraktiver Mensch auf der Straße vorübergeht oder ob wir im Berufsleben eine neue Herausforderung anpacken. Und weil Dopamin uns in vibrierende Vorfreude versetzt, trägt es wohl mehr als irgendein anderer Signalstoff im Gehirn dazu bei, uns euphorisch zu stimmen.

Diese wundersame Substanz lässt uns aber nicht nur begehren, sondern hilft uns auch, unsere Ziele zu erreichen. Unter ihrem Einfluss fühlen wir uns motiviert, optimistisch und voll Selbstvertrauen. Zudem ist Dopamin notwendig dafür, dass die Muskeln unserem Willen gehorchen. Ein alltägliches Beispiel: Im Supermarkt liegt frisches Obst, nach dem uns gerade der Sinn steht – Dopamin wird frei. Wir spüren den Anflug eines Glücksgefühls, ein freudig-erregtes «Ich will». Unter dem Einfluss des Dopamins gibt das Gehirn Befehl an die Muskeln, den Arm auszustrecken und nach den Äpfeln zu greifen. Zugleich wird das Gedächtnis in Aufnahmebereitschaft versetzt: Das Gehirn prüft aufmerksam, ob die Äpfel so gut schmecken wie erhofft, um sich die gute Erfahrung oder aber die Enttäuschung für das nächste Mal zu merken.

Das Konzert der Hormone

Mutterliebe erscheint uns heilig. Mit Rührung und Ehrfurcht beobachten wir, wie schon Tiermütter alles tun, um ihren Nachwuchs zu pflegen und zu schützen. Eine Katze trägt ihre Kleinen vorsichtig im Maul in ein anderes Versteck, wenn ihr das alte Nest nicht mehr tauglich erscheint. Und selbst Ratten, eigentlich keine sehr sympathischen Tiere, versorgen ihre Kleinen hingebungsvoll, lecken und kraulen sie ausdauernd.

Es mag schockieren, dass sich diese wunderbaren Verhaltensweisen relativ leicht auf chemischem Weg erzeugen lassen. Doch als Wissenschaftler Ratten, die noch nie Kinder geboren hatten, das Hormon Oxytocin spritzten, verwandelten sich die Tiere in liebevolle Mütter. Während jungfräuliche Ratten sonst dazu neigen, wehrlose Junge aufzufressen, kümmerten sich die hormonell gedopten Versuchstiere um den fremden Nachwuchs, als wäre es ihr eigener.

Solche Experimente verstören und ärgern viele Menschen zutiefst. Die Macht der Moleküle rüttelt an dem Bild, das wir von uns haben. Wir verstehen uns als geistige Wesen, fühlen uns von Hoffnungen, Gedanken und Wünschen beseelt, nicht von Chemie. Wenn wir uns verlieben oder stolz unsere Kinder ansehen, können wir dann wirklich glauben, diese Gefühle seien bloß der Strom von ein paar Chemikalien im Kopf?

Ganz so simpel sind die Zusammenhänge auch nicht. Die Formel «Oxytocin gleich Mutterliebe» stimmt nur sehr bedingt – schon deswegen, weil Botenstoffe wie dieser keine Einzeltäter sind. Zwar spielen bestimmte Substanzen bei der Entstehung bestimmter Emotionen eine Hauptrolle, und doch sind sie nur eine Stimme im Konzert.

In unserem Gehirn zirkulieren mehr als sechzig verschiedene Botenstoffe, von denen einige in den folgenden Kapiteln eine wichtige Rolle spielen: Dopamin ist bei Mensch und Tier für Wollen, Erregung und Lernen zuständig; körpereigene Opiate wie das Beta-Endorphin werden bei Genuss, aber auch Schmerz in unseren Köpfen ausgeschüttet; Serotonin schließlich kontrolliert den Informationsfluss im Gehirn. All diese Botenstoffe beeinflussen sich wiederum gegenseitig.

Und nicht nur das Spiel der Moleküle im Gehirn ist ungeheuer verwickelt, auch ihre Wechselwirkungen mit dem Körper sind es. Chemische Formeln reichen also nicht aus, um zu erklären, was wir empfinden. Weder ein einzelner Botenstoff noch ein ganzes Konzert solcher Substanzen können direkt eine Emotion erzeugen. Vielmehr müssen sie auf das hoch komplizierte Geflecht unserer Hirnschaltungen einwirken, das wiederum von unseren Erfahrungen und unserer Art zu reagieren geprägt ist.

Wir sind also keine Marionetten der Moleküle. Und doch übersehen wir leicht, dass unser reiches Innenleben nicht im Vakuum entstehen kann. Gedanken, Gefühle, ja selbst Träume sind keine Luftschlösser, sondern kommen auf einer handfesten Grundlage zustande: der Chemie. Letztlich verhält es sich mit dem menschlichen Innenleben und den Botenstoffen im Gehirn wie mit einem Kunstwerk und den Materialien, aus denen es besteht: Die Fresken der Sixtinischen Kapelle in Rom sind unendlich viel mehr als nur die Farbpulver, die Michelangelo verwendete. Aber ohne diese Pigmente hätte er sein Meisterwerk nie malen können.

Lust macht schlau

Denn das ist der Sinn der Vorfreude: Mit einer Ration Dopamin belohnt uns das Gehirn, wenn wir Neues ausprobieren. Ohne neue Erfahrungen zu machen, wären wir kaum fähig zu überleben. Nur wenn wir bewährte Pfade verlassen, können wir entdecken, was gut und nützlich für uns ist. Für unsere Urahnen mögen das unbekannte Früchte gewesen sein oder ein ergiebiges Jagdrevier, für uns heute geht es vielleicht um interessante Bekanntschaften oder einen besser bezahlten Job. Immer treibt uns derselbe Mechanismus an. Er ist uralt. Schon Bienen bringt er dazu, auf der Suche nach Nektar neue Blüten anzusteuern.

Ohne Dopamin und die dadurch ausgelösten Glücksgefühle würden wir kaum etwas dazulernen. Dopamin lockt uns nicht nur in unbekannte Situationen; es bringt uns auch dazu, Regeln in der Umwelt zu erkennen, und hilft, Gelerntes im Gedächtnis zu verankern. Der Botenstoff fördert nämlich die Entstehung neuer Verknüpfungen im Gehirn. Begehren und Begreifen hängen demnach eng zusammen. Anders ausgedrückt: Lust macht klug, und ohne Lust ist es schwer, zu lernen. Die Konsequenzen dieser Einsicht liegen auf der Hand: Schüler, die sich in der Klasse wohl fühlen und spielerisch an den Stoff herangehen dürfen, lernen leichter. Angestellte, die bei ihrer Arbeit Spaß haben, werden auch produktiver sein.

Die Hirnsysteme für das Begehren steigern nicht nur die Einsicht, sie machen auch einfallsreich. Auf diese Weise tragen sie gleich doppelt dazu bei, Ziele zu erreichen. Der Schimpanse im Zoo stapelt Bananenkisten, um an hoch hängende Früchte zu kommen. Wir Menschen entwickeln Ideen, um besser zu leben und das zu bekommen, was wir wollen. Zur Neugier und zum Begehren, die Dopamin im Hirn entfacht, kommt so auch die Kreativität.

Der tückische Drang nach mehr

Tief im Gehirn arbeitet also ein Detektor für Neues und Besseres, ohne den wir unfähig wären zu lernen. Weil er aber viel älter und mächtiger ist als der menschliche Verstand, kann er uns tückischerweise wider alle Vernunft handeln lassen. Denn anders als Tieren geht es uns nicht mehr nur um Grundbedürfnisse wie Nahrung. Vorfreude beflügelt vielmehr alle Wünsche, zu denen Menschen überhaupt fähig sind. Wir sind programmiert, immer das Beste zu wollen, das es gibt.

Wie unlogisch diese Regungen manchmal sind, spüren wir,

wenn wir uns über den Ausgang eines Spiels ärgern oder freuen. Selbst wenn es nur um Papiergeld oder Punkte geht, lassen wir uns zu Gefühlsausbrüchen hinreißen. Ebenso sind im realen Leben ein Verdienstkreuz, die weitere Aufstockung eines Millionengehalts oder auch nur ein etwas breiterer Chefsessel nicht sonderlich wertvoll. Aber wer würde dafür keine Kapriolen schlagen?

Der Mechanismus des Begehrens im Gehirn fragt eben nicht danach, wie nützlich es ist, etwas zu bekommen. Wo immer es etwas zu holen gibt, will er es schlicht haben. So greifen wir zu den Schnäppchen vom Wühltisch, obwohl wir genau wissen, dass sie sich nach der ersten Wäsche auflösen werden. Gute Gefühle auf Dauer sind schließlich nicht das Ziel des Gehirns. Wichtig ist allein, dass etwas Neues in Aussicht steht und irgendwie toller sein könnte als das Gewohnte.

Wenn wir den Gegenstand unserer Wünsche allerdings bekommen haben, gewöhnen wir uns schnell daran. Kein Wunder, denn Begehren und Vorfreude haben ihren Zweck erfüllt. Die neue Erfahrung ist abgehakt, der kleine Dopamin-Rausch klingt ab. Das Gehirn hält mit seinen Energien haus. Wozu also sollten wir uns mit dem Lohn unserer Mühen lange beschäftigen?

Hier liegt einer der gefährlichsten Stolpersteine auf dem Weg zum Glück: Kaum etwas stimmt uns froher als die Aussicht auf ein schönes Erlebnis, doch kann dieses Gefühl naturgemäß nicht lange anhalten – unser Gehirn ist einfach nicht dafür eingerichtet. Deshalb neigen wir dazu, den Überdruss, der sich bald in uns ausbreitet, zu bekämpfen, indem wir einer neuen Verheißung hinterherjagen.

Sucht ist entartetes Begehren

Seine extremste Ausprägung findet der Drang nach mehr in der Sucht. Denn Alkohol, Zigaretten, Heroin und jede andere Droge setzen im Gehirn Dopamin in rauen Mengen frei. Das versetzt uns in angeregte Stimmung bis hin zur Euphorie. Gleichzeitig verknüpft das lernende Gehirn den Anblick der Droge fast unauslöschlich mit dem Verlangen nach ihr. Nimmt es nun eine

Zigarette wahr, befiehlt es sofort «Anzünden!» oder gibt beim Reiz «Flasche» die Weisung zu trinken.

Wer eine Droge jedoch regelmäßig genießt, braucht immer mehr davon. Denn ihre Wirkung lässt nach, das Gehirn stumpft ab. Bald geht es nicht mehr um Hochgefühle, sondern darum, wenigstens eine normale Stimmung zu erleben. Irgendwann kann dem Nikotinabhängigen selbst Kettenrauchen oder dem Alkoholiker Wodka zum Frühstück keine gute Laune mehr verschaffen. Jetzt erhält nur noch die Programmierung des Gehirns auf die Droge die Sucht aufrecht, nicht etwa der Spaß am Trinken oder am Rauchen.

Zu Recht mahnt also das Sprichwort: «Vorfreude ist die schönste Freude.» Dem Begehren blindlings nachzugeben kann uns ins Unglück stürzen oder zumindest eine innere Leere hinterlassen. Dennoch ist es möglich, das Prickeln der Vorfreude auszukosten, ohne dem fatalen Drang nach Mehr zu erliegen. Dazu müssen wir allerdings raffiniert vorgehen – mehr davon später.

Die Höhepunkte des Genusses

Wie oft gehen wir auf eine Party, obwohl wir ziemlich sicher sind, dass wir uns dort nicht besonders wohl fühlen werden? Aller Voraussicht nach werden wir uns unter lauter Leuten langweilen, die sich an ihrem Sektglas festhalten. Und doch wollen wir hin. Später schwören wir uns, nie wieder unsere Zeit so zu vergeuden – bis zum nächsten Mal.

Ein derart verpatzter Abend ist ein gutes Beispiel dafür, dass Wollen und Mögen zweierlei sind. Nur sind wir nicht daran gewöhnt, diese beiden Regungen auseinander zu halten. Schließlich fallen sie oft zusammen: Im Restaurant werden Sie wohl kaum ein Gericht bestellen, von dem Sie wissen, dass es Ihnen nicht schmeckt. Manchmal allerdings neigen wir dazu, Wollen und Mögen zu verwechseln. Das kann eine Quelle des Unglücks sein, wie es die gelangweilte Partygängerin oder zum Beispiel auch ein Kettenraucher vorexerzieren – beide wollen etwas, was sie in Wahrheit gar nicht mögen.

Auch der umgekehrte Fall tritt häufig ein: Wenn Sie satt sind, wird Ihnen das Dessert nach einem Siebengängemenü noch immer schmecken, aber Sie werden trotzdem nicht zugreifen. In diesem Moment bewahrt Ihre Unlust Sie wahrscheinlich vor Bauchschmerzen. Genauso kann fehlendes Wollen uns aber um gute Gefühle bringen: Wie oft haben wir keine Lust auf Sport, obwohl wir genau wissen, dass wir die Bewegung genießen werden, wenn wir uns erst einmal aufgerafft haben? Ein wichtiger Schritt auf dem Weg zu mehr Glück ist daher, zwischen Wollen und Mögen unterscheiden zu lernen. Dazu müssen wir unsere Reaktionen auf bestimmte Dinge und Situationen genau beobachten.

Jeder Genuss ist ein Rausch

Der Mensch erlebt freudige Gefühle also in zweierlei Situationen: Wenn er etwas will – oder wenn er etwas bekommen hat, was ihm behagt. Beide Regungen, Wollen und Mögen, Vorfreude und Genuss, erzeugt das Hirn auf unterschiedliche Weise. Neurowissenschaftler haben gezeigt, dass dabei verschiedene Gebiete im Kopf aktiv werden. Und während Dopamin das Wollen regiert, sind Opioide die Boten des Genusses. Zu diesen körpereigenen Substanzen gehören die glücklich stimmenden Endorphine, aber auch ihre Gegenspieler, die Dynorphine, die üble Gefühle auslösen. Sie alle sind chemisch verwandt mit der Droge Opium.

Jeder Genuss ist deshalb ein Rausch. Ganz gleich, ob wir uns an einer heißen Dusche an einem Wintermorgen erfreuen, an einer Massage, einem guten Essen oder am Sex – all diese Wohlgefühle entstehen auf die gleiche Weise im Gehirn. Verschieden ist nicht die Grundmelodie, sondern gewissermaßen das Instrument, das die Klänge erzeugt: Bei der Massage kommen Signale von den druckempfindlichen Sensoren auf der Haut, beim Schlemmen von Zunge und Gaumen. Haben die Sinnesreize jedoch das Gehirn erreicht, erzeugt es in beiden Fällen die gleiche Empfindung des Genusses daraus.

Wir sind gemacht für das Genießen

Doch die angenehmen Gefühle kommen nicht von den Opioiden allein. Der ganze Körper ist darauf eingerichtet zu genießen. Nichts zeigt das so deutlich wie die Freude am Speisen. Reich ausgestattet ist schon unser Mund mit seinen rund dreitausend Geschmacksknospen, winzigen Hügelchen von ein paar hundertstel Millimetern Höhe, die sich hauptsächlich auf der Zunge erheben. Jede dieser kleinen Kuppen enthält rund fünfzig Sinneszellen, die auf die Geschmacksrichtungen ansprechen.

Davon kennt der Mensch übrigens nicht vier, wie lange gedacht, sondern sehr wahrscheinlich fünf, wie Neurowissenschaftler vor kurzem herausgefunden haben: süß, sauer, salzig, bitter und fleischig, auf Japanisch auch «umami» genannt. Dieses Signal wird von bestimmten Aminosäuren wie dem Glutamat ausgelöst, die auch in vegetarischer Kost enthalten sind: in Pilzen, Käse und manchen Gemüsesorten wie Tomaten.

Mehr als hunderttausend Nervenfasern leiten die Geschmacksreize aus dem Mund schließlich zum Gehirn weiter. Dazu kommen Sensoren, die warm und kalt melden, und andere, die dem Gehirn berichten, wie sich die Speisen anfühlen: weich oder körnig, feucht oder trocken – Zuckerwatte schmeckt anders als ein Karamellbonbon, auch wenn beide aus Zucker bestehen. Schließlich gibt es jene Sinneszellen, die Verbrennungen registrieren und damit auf die Schärfe von Chilis ansprechen. So lösen jeder Biss und jede Bewegung der Zunge ein ganzes Feuerwerk von elektrischen Signalen im Gehirn aus. Selbstverständlich hat die Natur diesen hoch empfindlichen Apparat nicht in erster Linie hervorgebracht, um ihre Geschöpfe mit Wohlgefühlen zu belohnen. Und doch kann uns kaum etwas auf so einfache und unmittelbare Weise erfreuen wie ein Leckerbissen.

Dem Körper geben, was er braucht

Der eigentliche Zweck der Sinnesfreuden ist es, unseren Körper im bestmöglichen Betriebszustand zu halten – oder, natürlich, uns zur Fortpflanzung zu bewegen. Genuss ist ein Signal dafür, dass der Organismus bekommt, was er braucht. Aber was brauchen wir? Das hängt ganz davon ab. Wenn wir durstig sind, Wasser. Wenn wir hungrig sind, Essen. Wenn wir niedergeschlagen sind, Streicheleinheiten. Und wenn wir uns mit dem Hammer auf den Daumen geschlagen haben, möchten wir nichts anderes, als dass der Schmerz endlich nachlässt. Auch das belohnt unser Gehirn mit Wohlgefühlen.

Wann immer etwas zum Leben Notwendiges fehlt, schlägt der Organismus Alarm: Dynorphin wird ausgeschüttet, das Opioid des Unwohlseins. Es ist verantwortlich dafür, dass wir Hunger als unangenehm empfinden. Ein Drang setzt ein, etwas dagegen zu tun. Wir werden unruhig, reizbar, liegen auf der Lauer. Halten nach etwas Ausschau, das dem Mangel abhelfen könnte.

Wir sehen ein Ziel: ein gebratenes Huhn! Das Gehirn schüttet Endorphin aus. Der Botenstoff signalisiert, dass das, was wir vor Augen haben, gut für unseren Körper sein sollte. Zugleich bewirkt er auf Umwegen, dass das Hirn in Windeseile auch Dopamin freisetzt, die Substanz des Begehrens. Die Schaltungen für Mögen und Wollen hängen eng zusammen. Unter dem Einfluss des Dopamins werden wir optimistisch, aufmerksam und strengen uns an, zu bekommen, wonach uns der Sinn steht.

Der Duft des Fleisches steigt uns in die Nase, wir beißen in eine Hähnchenkeule, sie schmeckt. Noch mehr Endorphin überschwemmt jetzt das Gehirn und zeigt an, dass der Organismus bekommen hat, woran es ihm mangelte. Jetzt kehrt er in einen ausgeglichenen Zustand zurück: sattes Wohlbehagen. Wir entspannen uns – das Leben ist schön.

Genuss ist eine Frage des richtigen Zeitpunkts

So begleitet Genuss die Rückkehr zum Gleichgewicht. Was uns gut tut, ist angenehm. Dieses an sich erfreuliche Prinzip hat leider einen Nachteil: Ein Genuss kann nicht von Dauer sein. Sobald alles wieder im Lot ist, verflüchtigt er sich. Die Wirkung der Opioide hält nur kurz an, je nach Situation ist sie nach ein paar Minuten oder ein paar Stunden verpufft. Schließlich soll der Genuss wie jede Empfindung uns als Signal dienen; wenn die Botschaft überbracht ist, kann der Bote schweigen.

Dann zeigt sich die Schattenseite des Genießens. Sinkt der Pegel der körpereigenen Glücksdrogen, stellt sich der Normalzustand unserer Stimmung wieder ein. Und den können wir nach der Euphorie zuvor als unerträglichen Abstieg empfinden. Von jeher beklagen Dichter die Niedergeschlagenheit nach dem Liebesspiel. Und Montage deprimieren uns nicht, weil die Arbeit lästiger wäre als am Dienstag oder Donnerstag, sondern weil der Kontrast zum Wochenende so groß ist.

Gute Gefühle sind also eine Frage der Umstände und des richtigen Zeitpunkts. Alles hat seine Zeit. Wenn es heiß ist, werden Sie die Kühle des Schattens suchen, und wenn Sie frieren, wünschen Sie sich nichts so sehr wie ein Kaminfeuer oder zumindest eine kuschelige Wolldecke. Nicht die Temperatur an sich ist also ausschlaggebend für unser Wohlbefinden, sondern der vorherige Zustand unseres Körpers. Schließlich wäre uns dieselbe kalte Dusche, die wir an einem schwülen Sommertag erfrischend finden, eine Zumutung, wenn wir im Winter frierend vom Skifahren kommen.

Jeder Hollywood-Regisseur weiß das. Einen Film, in dem alle nett zueinander sind, können wir ebenso wenig genießen wie einen, in dem nur gemordet wird. Eine gute Handlung nimmt den Zuschauer auf eine Achterbahnfahrt der Gefühle mit. Kaum finden wir den Helden sympathisch, schwebt er auch schon in höchster Gefahr. Umso größer ist die Freude, wenn am Ende alles gut ausgeht. Katharsis nannten die Dichter der Antike diesen Moment, in dem sich der Schrecken löst und lustvoller Erleichterung weicht. Schon ihnen war bekannt, dass Genüsse vom Gegensatz leben.

Der Zauber der Liebe

Die keltische Sage von Tristan und Isolde erschreckt durch ihre Kompromisslosigkeit. Ganz gegen ihren Willen fühlt sich Isolde zu Tristan hingezogen. Als ihre Magd den beiden auch noch versehentlich einen Liebestrank einflößt, können sie ihrer Leidenschaft füreinander nicht länger widerstehen. Nun zählt nichts mehr, außer in der Nähe des anderen zu sein. In ihrem Rausch verstoßen die Liebenden gegen alle Konventionen ihrer Zeit. Sie betrügen König Marke, Isoldes Ehemann, der zugleich Tristans Onkel und Gönner ist – ein ungeheuerlicher Verrat. Als die Affäre ruchbar wird, zögert das Paar keinen Moment, miteinander in den Tod zu gehen.

Glücklicherweise dürften die wenigsten von uns je eine derart selbstzerstörerische Liebe erlebt haben. In Ansätzen aber kennen wir alle das Gefühl, geradezu besessen von einem Mann oder einer Frau zu sein. Warum gerade diese eine Person für uns so wichtig geworden ist, können wir uns selten erklären. Im Hochgefühl der Liebe erscheint der Partner als ein ganz besonderes Wesen. Nichts und niemand kann uns in solch euphorische Stimmung versetzen wie er oder sie. Diese romantischen Gefühle gehen im Gehirn häufig mit einem eigentümlichen Zustand der Erregung einher, in dem sich die Grenzen der eigenen Person aufzulösen scheinen. Als Forscher die Köpfe frisch Verliebter im Tomographen durchleuchteten, stellten sie ähnliche Muster der Hirnaktivität fest wie bei Menschen im Drogenrausch. Kein Wunder, dass man in alten Zeiten dazu neigte, sich derart besinnungslose Liebe durch Zauberei zu erklären.

Sex bereitet der Liebe den Weg

Wenn aber nicht durch magische Tränke, wie sonst kann eine solche Verzückung entstehen? Ausgerechnet ein unscheinbares, kaum fingerlanges Nagetier hat der Wissenschaft ein Stück weitergeholfen, zu verstehen, was in den Momenten höchster Leidenschaft im Körper vor sich geht – und wozu sie dienen.

Das Liebesleben der Präriewühlmäuse ist einigermaßen kurios: Sobald die Tierchen geschlechtsreif werden, stürzen sie sich auf den nächstbesten Partner. Einen ganzen Tag lang geben sie sich pausenlos der Liebe hin, ein bis zwei Dutzend Mal besteigt das Männchen seine Gefährtin. Von nun an bleiben sie für immer zusammen. Sie beziehen ein gemeinsames Nest, er wird ihren Kindern ein fürsorglicher Vater. Werden die Partner getrennt, erkennen sie einander noch nach Monaten wieder. Stirbt einer von ihnen, bleibt der Hinterbliebene allein.

Diese lebenslange Bindung stiftet bei den Wühlmäusen ganz offensichtlich der Sex. Forscher haben herausgefunden, dass während der heftigen Liebesakte bei beiden Geschlechtern bestimmte Botenstoffe freigesetzt werden: bei Männchen vor allem Vasopressin, Oxytocin bei Weibchen. Spritzt man den Tieren diese Stoffe, werden sie auch dann ein Paar, wenn sie gar keine liebestolle erste Nacht miteinander verbracht haben. Mangelt es dem Männchen an Vasopressin, benimmt es sich nach dem Sex, als hätte es das Weibchen nie zuvor gesehen. Der Botenstoff trägt offenbar entscheidend zur Entstehung des sozialen Gedächtnisses bei.

Das pure Verlangen, die Lust auf Sex, wird in den Hirnen von Mäusen wie Menschen vom Dopamin gesteuert, dem Signalstoff des Wollens. Damit jedoch aus sexuellem Begehren Liebe wird, muss eine Bindung an den Partner entstehen. Und die wird anscheinend erst unter dem Einfluss von Oxytocin und Vasopressin im Gehirn verankert. Sex kann zwar ohne Liebe funktionieren, aber er bereitet ihr den Weg. Das gilt jedenfalls für monogame Geschöpfe. Andere Tiere, zum Beispiel normale Mäuse, erleben zwar auch die Hormonschwemme beim Sex. Doch in ihren Hirnen fehlen entscheidende Andockstellen für die Botenstoffe, deshalb können sie kein langfristiges Interesse an einem bestimmten Sexualpartner entwickeln.

Bei Menschen sind die Mechanismen von Anziehung, Liebe und Bindung natürlich weit komplizierter. Einen Hang zur Monogamie haben auch wir, trotzdem mündet längst nicht jede heiße Nacht in einer lebenslangen Verbindung. Und doch wäre es schon sehr erstaunlich, wenn die Säfte der Liebe bei Menschen keine wesentliche Rolle spielen würden. Schließlich steuern Oxytocin, Vasopressin und ähnliche Substanzen seit 500 Millionen Jahren das Geschlechtsleben fast aller Geschöpfe, von den einfachsten Erdwürmern bis zu unseren nächsten Verwandten, den Affen.

Vom Sinn des Höhepunkts

Warum erleben wir überhaupt Orgasmen? Diese Frage ist nach wie vor offen, obwohl sich Wissenschaftler seit Jahrzehnten darüber die Köpfe zerbrechen.

Vor allem das Rätsel des weiblichen Höhepunkts hat es ihnen angetan. Manche bezweifeln, dass diese unzuverlässige Regung überhaupt eine Daseinsberechtigung hat. Der Fortpflanzung wäre schließlich Genüge getan, trieben Hormone die Weibchen in fruchtbaren Phasen zur Paarung an. Und selbst wenn weibliche Wesen sich am Sex erfreuen sollten, meinen diese Forscher, sei ein Orgasmus nicht nötig. Angenehme Empfindungen könne es schließlich auch ohne Höhepunkt geben.

Ein paar nicht allzu überzeugende Erklärungsversuche stehen im Raum. So soll der Orgasmus Frauen als biologisches Signal dienen, dass sie einen tauglichen Partner gefunden haben. Beweise für diese eher männliche Theorie gibt es keine. Nach anderer Lesart entsteht beim Orgasmus in der Gebärmutter ein Unterdruck, der die Spermien gewissermaßen einsaugt. Doch bekanntlich werden Frauen auch ohne Höhepunkt problemlos schwanger.

Immerhin ein Mythos ist inzwischen widerlegt: Nicht allein menschliche Frauen erleben Höhepunkte. Auch bei Äffinnen beobachteten Forscher im entscheidenden Moment erhöhten Puls und Zuckungen, die den Reaktionen einer Frau beim Orgasmus sehr nahe kommen. Alle Primaten sind Gemeinschaftswesen, und so liegt es nahe anzunehmen, dass die Paarung außerhalb der Zeiten der Fruchtbarkeit eine soziale Funktion haben muss. Das Paradebeispiel sind die Bonobos oder Zwergschimpansen, die Konflikte durch Sex aus der Welt schaffen. Droht irgendwo Spannung, werden streitlustige Gruppenmitglieder schon vorab befriedigt. Kommt es trotzdem zur Auseinandersetzung, versöhnen sich die Kontrahenten durch Beischlaf.

Da Bonobos auch Sex zwischen zwei Weibchen oder zwei Männchen pflegen, ist offensichtlich, dass bei ihnen die Paarung zu weit mehr als nur der Fortpflanzung dient. Hinweise auf eine soziale Bedeutung solchen Treibens gibt auch die Chemie des Orgasmus. Der Botenstoff Oxytocin, der bei beiden Geschlechtern während des Höhepunkts ausgeschüttet wird, ist ein Mittel des Friedens. Wie viele Versuche bestätigten, fördert es die Anhänglichkeit und wirkt Aggressionen entgegen. Und die Opioide, die für die Verzückung beim Orgasmus sorgen, lösen ebenfalls wohlige Gelassenheit aus. Wem es gut geht, der hat schließlich wenig Anlass zu kämpfen.

So kann Sex dem Miteinander dienen und Angriffslust und Zerstörungswut tatsächlich mindern. «Make love, not war», forderten die Blumenkinder zur Zeit des Vietnamkriegs. Sie hatten Recht.

Bindung macht glücklich

Wie Präriewühlmäuse und anders als die meisten anderen Säugetiere sind Menschen für stabile Bindungen an einen Partner eingerichtet – was gelegentliche Seitensprünge nicht ausschließt. Menschliche Babys kommen besonders schutzlos und unreif zur Welt; ein Paar hat bessere Chancen, den gemeinsamen Nachwuchs großzuziehen, als die Mutter allein. Deshalb belohnt die Natur die Bindung an einen Partner mit guten Gefühlen.

Umfragen bestätigen das. Sie kommen übereinstimmend zu dem Schluss, dass Menschen in Beziehungen im Durchschnitt glücklicher leben als Singles. In den Vereinigten Staaten zum Beispiel bezeichneten sich nur 25 Prozent aller nicht verheirateten, aber 40 Prozent aller verheirateten Erwachsenen als «sehr zufrieden». Dies gilt für Männer wie für Frauen ohne Unterschied. Es ist zwar nicht unmöglich, sein Glück allein zu finden, aber zu zweit fällt es leichter.

Dabei spielt die emotionale Zuwendung eine wichtige Rolle.

Schon die bloße Berührung durch eine vertraute Person mindert Niedergeschlagenheit und Stress. Auch dies ist eine Wirkung der Hormone, die in zärtlichen Momenten freigesetzt werden.

Kurz, eine gute Partnerschaft macht glücklich. Sie ist gemeinsam mit der Häufigkeit von Sex der wichtigste äußere Faktor, der unsere Lebenszufriedenheit bestimmt. Verglichen damit spielen die finanzielle Situation, die Arbeit, die Wohnung oder die Freizeitaktivitäten kaum eine Rolle. Trotzdem verwenden wir oft viel mehr Zeit und Energie für diese Dinge als darauf, für den Partner da zu sein. Es lohnt sich, das zu ändern. Wenig zahlt sich für das eigene Glück auf die Dauer so aus, als sich für den anderen Zeit zu nehmen und sie intensiv zu erleben.

Doch wie fast alles, was uns glücklich macht, sind auch die Freuden der Liebe bedroht durch die Gewöhnung. Über die Jahre hinweg können selbst die Reize eines geliebten Menschen ihre Wirkung einbüßen. Trotzdem begegnen wir oft Paaren, deren Augen noch nach Jahrzehnten des Zusammenseins strahlen, wenn sie den anderen erblicken. Es muss also einen Mechanismus geben, der der Abstumpfung in der Liebe entgegenwirkt.

Einige Studien deuten darauf hin, dass Oxytocin die Gewöhnung an gute Gefühle zumindest abschwächen kann. Sollten sich diese Forschungsergebnisse bestätigen, dann hieße eine Zauberformel für eine über lange Zeit lebendige Liebe: Sex. Das Hormon der Zuneigung wird nämlich während des Orgasmus in großen Mengen ausgeschüttet – bei Männern ebenso wie bei Frauen. Möglicherweise wirkt es wie ein Jugendelixier für die Partnerschaft, das die Leidenschaft am Kochen hält.

Auch Mutterliebe ist Verliebtheit

Liebe keimt auch, wenn Kinder auf die Welt kommen. Und in mancher Hinsicht ähnelt die Zuneigung von Eltern zu ihrem Kind erotischer Anziehung durchaus. Verliebte meinen oft mit dem anderen zu verschmelzen; Mütter und seltener auch Väter erleben ähnliche Momente. Es kommt ihnen vor, als würden sie eins mit dem Kind, als nähmen sie seine Schmerzen und Freuden als die eigenen wahr.

Ist es dieselbe Kraft, die in beiden Fällen Bindungen knüpft? Die Hirnforschung legt diese Vermutung nahe: Durchleuchtet man Müttern, denen die Stimmen ihrer Babys vorgespielt werden, die Köpfe, zeigt sich ein frappierend ähnliches Bild wie bei Liebenden, die an ihren Partner denken. Anscheinend lösen ähnliche Vorgänge in beiden Fällen jenes Glücksgefühl aus, das in seinen intensivsten Augenblicken der Wirkung starker Drogen gleichkommt.

Und auch bei der fürsorglichen Liebe zu einem Kind ist das Zaubermittel Oxytocin im Spiel – wie bei jeder Spielart sozialen Verhaltens. Unter dem Einfluss von Oxytocin und der Schwangerschaftshormone starten bereits vor der Geburt die Programme der Mutterliebe; bestimmte Regionen im Gehirn der werdenden Mutter verändern sich für immer. Später wird Oxytocin reichlich beim Stillen frei und festigt die Bindung zwischen Mutter und Kind. Stillende Frauen berichten obendrein von mehr innerer Ruhe und mehr Interesse an anderen Menschen als vor der Geburt. Möglicherweise ruft Oxytocin also ein soziales Glück hervor: das freudige Erlebnis, in sich zu ruhen und anderen etwas geben zu können.

Durch den Umbau ihres Gehirns fühlen sich die meisten Mütter ihren Kindern ein Leben lang verbunden. So sind weibliche Wesen auch im Kopf darauf eingerichtet, Kinder zu bekommen; die Natur motiviert sie dazu mit Glücksgefühlen. Allerdings ist die Freude am Umgang mit Kindern nicht in allen Frauenhirnen gleich stark verankert – Unterschiede von Person zu Person können viel größer ausfallen als die mittlere Differenz zwischen den Geschlechtern.

Schließlich finden auch Väter an ihren Kindern Gefallen. Was sich dabei in ihren Hirnen abspielt, weiß man allerdings kaum. Denn während sich viele Studien mit der Mutterliebe befassen, haben sich Forscher für das Glück der Vaterschaft bislang wenig interessiert.

Die Wärme der Geborgenheit

Die Angst vor dem Alleinsein ist uns besonders tief eingeprägt. Automatisch reagieren auch nüchterne Zeitgenossen auf das Jammern verlassener Tiere und Kinder, und selbst die Nöte eines Schrumpelwesens aus dem All, das nach Hause telefonieren will, gehen uns unter die Haut. Jeder, ob acht oder achtzig, konnte den Kummer von E.T. nachvollziehen, was den ungeheuren Erfolg des Spielberg-Films erklärt.

Wer unter Einsamkeit leidet oder mit den Menschen seiner Umgebung nicht auskommt, dem wird es schwer fallen, gute Gefühle zu erleben. Freundschaften und die Wärme einer Familie sind wie ein Nährboden, auf dem Glück gedeiht. «Wer die Freundschaft aus dem Leben streicht, nimmt die Sonne aus der Welt», schrieb Cicero, der römische Staatsmann.

Einsamkeit bedeutet Stress

Zu einem guten Teil suchen wir die Nähe anderer, um die Qualen der Einsamkeit zu vermeiden. Die Natur lockt uns nicht nur zu unseren Mitmenschen, sie treibt uns regelrecht zu ihnen. Dieses Verhalten entstand ziemlich früh im Laufe der Evolution, spätestens bei den ersten Säugetieren. Höchstwahrscheinlich diente es ursprünglich dem Überleben der Neugeborenen. Ein Mäusebaby zum Beispiel ist blind, taub und kann noch nicht laufen, wenn es auf die Welt kommt. Sein winziger, unbehaarter Körper erzeugt nicht einmal genug Wärme, um am Leben zu bleiben. Ohne die Mutter muss es erfrieren. Wenn sie nicht da ist, zeigt das Kind mit gutem Grund Panik: Nicht anders als ein Menschenbaby in ähnlicher Lage stößt es Angstschreie aus.

Wenn Mäuse heranwachsen, verschwindet ihre Angst vor dem Alleinsein, denn sie sind keine sonderlich sozialen Geschöpfe. Tiere aber, die in Gesellschaft leben, geraten ihr Leben lang in Panik, wenn sie isoliert werden. Viele Hunde heulen und versuchen ziellos den Boden aufzuwühlen, wenn ihr Besitzer sie verlässt. Papageien entwickeln selbstzerstörerische Gewohnheiten – sie reißen sich mit dem Schnabel das Gefieder aus.

Erwachsene Menschen lassen es sich nicht so deutlich anmerken, wenn sie unter Einsamkeit leiden, doch die Symptome an Körper und Seele sind kaum minder drastisch: Unruhe, innere Leere, Angespanntheit, Schlaf- und Appetitlosigkeit, Selbstzweifel machen ihnen das Leben zur Qual. Sowohl Menschen als auch gesellige Tiere leiden unter Stress, wenn es ihnen an Nähe fehlt. Auf Dauer schadet Einsamkeit damit der Gesundheit, denn Stress macht den Körper anfällig für Infektionen und fördert Herz-Kreislauf-Erkrankungen.

Das ruhige Glück der Freundschaft

Ein warmes Gefühl des Geborgenseins markiert das Ende der Einsamkeit. An seinem Zustandekommen sind sehr wahrscheinlich Endorphine beteiligt, jene opiumähnlichen Substanzen, deren Freisetzung im Gehirn Wohlbefinden hervorruft. Überdies wirken sie direkt dem Stress entgegen. Wie wir gesehen haben, dienen Endorphine im Gehirn als Signal für eine wünschenswerte Situation. Zum Beispiel vermitteln sie ein Lustgefühl, wenn wir hungrig sind und in eine saftige Hähnchenkeule beißen. Auf ganz ähnliche Weise tragen diese Botenstoffe dazu bei, unser Bedürfnis nach Nähe zu regeln.

Fehlt sozialen Geschöpfen der lebenswichtige Umgang mit anderen, geraten sie aus dem Gleichgewicht. Trennungsschmerz und Hunger nach Kontakt kommen auf. Haben die Einsamen Anschluss gefunden, melden Endorphine, dass der Normalzustand wiederhergestellt ist. Während uns also das Liebesglück gewissermaßen auf einen Gipfel des Wohlbefindens entführt, signalisiert das Gefühl der Geborgenheit, dass wir ein Tal des Unbehagens hinter uns gelassen haben.

Doch Endorphine sind nicht allein verantwortlich für das ruhige Glück der Freundschaft. Oxytocin und Vasopressin lassen nicht nur Liebe keimen, sondern haben auch in anderen zwischenmenschlichen Beziehungen ihre Funktion, da sie ja für die soziale Erinnerung nötig sind. Und der Botenstoff Serotonin spielt offenbar eine wichtige Rolle für das Entstehen von Sympathie. Das haben Wissenschaftler zur Abwechslung aus den Erfahrungen mit einer Partydroge gelernt: Ecstasy.

Dieses Aufputschmittel setzt im Gehirn Serotonin in hohen Dosen und wahrscheinlich auch Dopamin frei. Damit beschert es seinem Konsumenten die überaus angenehme Empfindung, die ganze Welt zum Freund zu haben. Wer Ecstasy schluckt, ist häufig erfüllt von Zuneigung und Verständnis für jeden, der ihm begegnet. Deswegen war die Droge bis etwa 1980 unter dem weit treffenderen Namen Empathy bekannt, englisch für Einfühlungsvermögen, bis ein geschäftstüchtiger Dealer in Texas sie umtaufte.

Der kalifornische Chemiker Alexander Shulgin, der Ecstasy 1965 in seinem Labor herstellte und als erster Mensch ausprobierte, beschrieb seine Erlebnisse so: «Ich fühlte mich leicht, glücklich und von unglaublicher Stärke beflügelt – wie in einer besseren Existenz. Mir war, als sei ich nicht nur ein Bürger der Erde, sondern im ganzen Universum zu Haus.» Genau so, nur weniger intensiv, empfinden wir in der Gegenwart eines geschätzten Menschen: unbeschwert und voller Vertrauen.

Kapitel 4: Was uns glücklich macht

Jetzt, da wir wissen, wie gute Gefühle im Gehirn entstehen, stellen Sie sich vermutlich die Frage: Was bedeutet das alles nun für mein Leben?

In den folgenden Kapiteln versuche ich, aus den Erkenntnissen der Hirnforschung Strategien abzuleiten, die uns helfen, mehr glückliche Momente zu erleben. Allerdings kann es sich nur um allgemeine Prinzipien handeln, denn jeder Mensch hat andere Anlagen und Neigungen. Zwar wirken in jedem von uns dieselben Mechanismen von Vorfreude und Belohnung, Genuss und Bindung, doch *was genau* die jeweiligen Schaltkreise im Gehirn anspringen lässt, ist von Mensch zu Mensch verschieden: Die eine findet ihr Glück im Hochgebirge, der andere am Ozean.

Erwarten Sie deshalb bitte keine konkreten Handlungsanweisungen. Ich gebe Ihnen vielmehr Anregungen, die Sie Ihren eigenen Vorlieben und Bedürfnissen entsprechend umsetzen können. Auch die Beispiele, die ich zur Verdeutlichung anführe, sollten zwar bei vielen Lesern funktionieren, aber sicher nicht bei jedem. Wer sich, etwa aus gesundheitlichen Gründen, beim Sport nur quält, wird sein Glück dabei kaum finden. Trotzdem gilt auch für ihn, wie für alle Menschen, das Prinzip: Unser Körper ist nicht für das Herumsitzen geschaffen, deshalb spornt uns die Natur mit guten Gefühlen zu Bewegung an. So hat sich unser Organismus im Laufe der Evolution entwickelt, und es ist sinnlos, diese Programmierung ändern zu wollen. Wer also Sport verabscheut, sollte daher nach anderen Wegen suchen, das Glück der körperlichen Betätigung zu genießen. Vielleicht findet er ja zumindest Gefallen an flotten Spaziergängen.

Ohne Überwindung keine guten Gefühle

Alle Glücksfaktoren dieses Kapitels, vielleicht mit Ausnahme des Aspekts «Freunde und Partnerschaft», haben drei Eigenschaften gemeinsam, die wir uns zu Beginn bewusst machen sollten.

Zum einen belohnt uns unser Organismus zwar automatisch mit Wohlgefühlen, wenn wir konzentriert arbeiten oder Sport treiben, Neues entdecken oder intensiv wahrnehmen. Doch soll nicht verschwiegen werden, dass in unserem Körper auch Gegenkräfte wirken: Damit wir uns nicht zu sehr verausgaben und unsere Kräfte vergeuden, verhält sich unser Gehirn, als liefe in ihm ein Energiesparprogramm ab. Das ist der Grund, warum wir uns sehr oft erst zu Unternehmungen aufraffen müssen, die uns Freude machen.

Das gilt nicht nur für die Jogging-Runde vor dem Frühstück oder die Bastelei am Auto – auch Freizeitvergnügungen wie ein Kinobesuch oder ein Treffen mit Freunden scheitern nicht selten an unserer Trägheit. Dabei wissen wir aus Erfahrung, dass wir den Abend genießen werden, wenn wir uns erst einmal überwunden haben. Die Höhe der Schwelle, über die wir uns am Anfang quälen müssen, schwankt von Mensch zu Mensch. Der eine platzt nur so vor Unternehmungslust, bei anderen überwiegt der Einfluss des Energiesparprogramms. Doch jeder profitiert davon, diese Schwelle zu überschreiten und den freudigen Empfindungen entgegenzugehen.

Unsere Bauchgefühle sind übrigens in diesen Momenten kein vertrauenswürdiger Ratgeber: Instinktiv neigen wir dazu, unsere Kräfte zu schonen. Das hatte in ferner Vergangenheit auch seinen Sinn. Unsere Urahnen waren ohnehin genug auf den Beinen, um für ihren Lebensunterhalt zu sorgen. Die wenigen Ruhepausen, die ihnen blieben, sollten sie tunlichst dazu nutzen, sich zu regenerieren. Heute, da viele Menschen tagsüber im Büro sitzen und abends vor dem Fernseher, wird diese evolutionäre Programmierung leicht zum Quell von Unlust und Gereiztheit. Deshalb sollten wir im Zweifelsfall nicht zu sehr auf die Stimme unseres Körpers hören und uns besser ins Bewusstsein rufen, wie viel Spaß uns letztens das Schwimmen oder der Französischkurs gemacht hat.

Gewohnheit statt Aktionismus

Eine wirksame Waffe gegen die Trägheit ist Routine: Wer sich angewöhnt hat, jeden Donnerstagabend zum Sprachkurs zu gehen, trägt nicht immer wieder dieselben Kämpfe gegen den inneren Schweinehund aus. Stattdessen wird er nahezu automatisch, ohne viel darüber nachzudenken, zur gewohnten Zeit die Lehrbücher einpacken und das Haus Richtung Volkshochschule verlassen.

Hier kommt der zweite Punkt ins Spiel: Die Glücksfaktoren zeigen vor allem dann Wirkung, wenn wir sie in Gewohnheiten übersetzen. Glück hat wenig mit Aktionismus zu tun. Unter dem Strich bereitet es uns viel mehr gute Gefühle, wenn wir jeden Abend ein einfaches Essen aus frischen Zutaten zubereiten, als wenn wir alle zwei Monate einmal für zehn Personen groß aufkochen. Ebenso kann uns ein Tauchkurs auf den Malediven zwei Wochen lang Hochgefühle bescheren, doch auf dem Rückflug verflüchtigt sich die gute Stimmung schon. Dauerhaft heben wir unser Wohlbefinden hingegen, indem wir etwas lernen, das wir regelmäßig ausüben können – sei es nun Tango tanzen, Aquarellieren oder Schach spielen.

Mit der Suche nach dem Glück verhält es sich also ein wenig wie mit dem Streben nach einer schlanken Linie: Eine zeitlich begrenzte Diät hat noch kaum jemandem zum Idealgewicht verholfen – man muss schon dauerhaft seine Ernährung umstellen. Genauso gilt es, unsere Lebensweise so verändern, dass sich uns möglichst viele Gelegenheiten bieten, Glücksgefühle zu empfinden.

Glück ist eine Frage der Dosis

Ohnehin sind es nicht so sehr die außergewöhnlichen Ereignisse, die zu unserem Glück beitragen. Das heißt nicht, dass wir auf Highlights wie ebendiese Maledivenreise, die rauschende Hochzeitsparty oder die Besteigung eines Achttausenders verzichten sollen. Auf Englisch nennt man so etwas «once in a lifetime experience» – eine Erfahrung, die einzigartig im Leben bleiben wird. Diese Höhepunkte sind wichtig, weil sie uns Gelegenheit zu ausgiebiger Vorfreude verschaffen, weil wir mitunter lange auf sie hinarbeiten und weil sie uns schöne Erinnerungen bescheren. Mehr Glückserfahrungen verschaffen uns jedoch die kleinen Dinge, die weniger spektakulären Erlebnisse. Sie allein können uns jeden Tag von neuem in Hochstimmung versetzen.

Das führt uns zum dritten Aspekt: Wer mehr Glück empfinden will, sollte nicht glauben, er müsse der Devise «Viel hilft viel» folgen. Jeder der genannten Glücksfaktoren kann zum Stressfaktor werden, wenn wir nicht das richtige Maß finden.

Abwechslung erfreut uns, doch wenn sie in eine Jagd nach immer neuen Events ausartet, fehlt uns die Muße, sie zu genießen. Arbeit kann tief befriedigen, doch wenn wir uns überfordern, fühlen wir uns als Versager. Eine halbe Stunde Waldlauf täglich hebt das Wohlbefinden ungemein; zwei Stunden Leistungssport sind eine Belastung für Körper und Seele. Und selbst die Nähe von Freunden und Partner wird uns mitunter zu viel. Dann sollten wir kein schlechtes Gewissen haben, uns ein paar Stunden allein zu gönnen. Wie viel wir jeweils von den Zutaten brauchen, die ein glückliches Leben ausmachen, muss ein jeder selbst herausfinden. Glück ist nicht zuletzt eine Frage der Dosis.

Abwechslung schaffen

Giacomo Casanova war wohl der Idealtyp eines Menschen, der von der Sucht nach Neuem besessen ist. Das trug ihm den Ruf eines berüchtigten Lebemanns und Verführers ein. Seinem Witz und Charme verfielen einige der schönsten und gebildetsten Damen seiner Zeit, aber auch Bürgersfrauen und einfache Mägde. Er galt als Virtuose darin, Sinnesfreuden in Szene zu setzen: Seine Gespielinnen entführte er in prunkvolle Gartenpaläste, die von Hunderten Kerzen erleuchtet waren und wo er Wild und Trüffeln, Austern, Champagner und sogar Gefrorenes auftragen ließ – Letzteres im 18. Jahrhundert eine Kostbarkeit.

Casanova wollte alles ausprobieren, alles sehen, alles erleben. Er fühlte sich nicht nur zu immer neuen Frauen hingezogen, sondern suchte in allen Bereichen des Lebens neue Erfahrungen. Seine Memoiren zeigen, wie unbefriedigt und unglücklich er sich ohne Risiko und ständigen Nervenkitzel fühlte. So schaffte er es in den kaum drei Monaten, die er auf der Insel Korfu verbrachte, als Bankier zu arbeiten, eine Theaterkompanie auf die Beine zu stellen, die Soldaten für eine kleine Bauernarmee zusammenzubringen, einem Korsaren zu entfliehen und einen falschen Prinzen zu entlarven.

Sein Glück fand er in all seiner Getriebenheit nicht. Casanova war spielsüchtig. Laufend verstrickte er sich in unsinnige Intrigen, riskierte in Duellen sein Leben und brachte wegen Kleinigkeiten die Staatsgewalt so sehr gegen sich auf, dass er einen Teil seiner besten Jahre auf der Flucht verbrachte.

Die Gier nach Neuem sitzt tief

Ins Extreme gesteigert verdeutlicht das Schicksal des Casanova ein Dilemma, in dem wir alle stecken: In unseren Köpfen ist der Drang nach immer neuen Erlebnissen einprogrammiert. Neuigkeiten zu verdauen gehört zu den wichtigsten Aufgaben des Gehirns. Schließlich musste die Natur ihre Geschöpfe darauf einstellen, mit einer Welt fertig zu werden, die sich dauernd verändert. Genau dafür ist die Neugierde gut: Sie bringt uns dazu, Neues nicht nur hinzunehmen, sondern es sogar zu wollen. Wenn wir die Welt erforschen, sind wir ihr immer ein Stückchen voraus.

Langeweile ist denn auch eine der Empfindungen, die wir am wenigsten ertragen. Auf ein Ereignis zu warten, von dem wir uns etwas versprechen, empfinden wir hingegen als lustvoll. Doch wie im Kapitel über die Vorfreude beschrieben, kann dieses Wohlgefühl nicht von Dauer sein. Sobald das mit Spannung erwartete Ereignis Realität wird, weicht die Vorfreude. Die Wirkung der Botenstoffe, die unsere guten Gefühle ausgelöst haben, verpufft. Und um dem Mangel abzuhelfen, wenden wir uns schnell dem nächsten Erlebnis zu. Das muss natürlich besser und aufregender sein als das vorherige, um uns noch zu reizen.

Dieser Drang nach mehr sitzt so tief in unseren Hirnen, dass es nur wenigen Menschen gelingt, ihn dauerhaft zu zügeln. Aber das ist auch nicht nötig: Mit etwas Umsicht können wir Vorfreude genießen und immer wieder Neues erleben, ohne in eine Tretmühle zu geraten. Nicht Askese ist angezeigt, sondern ein pragmatischer Umgang mit unseren Anlagen.

Glück lebt vom Kontrast

Casanova suchte sein Glück in immer ausgefalleneren, extremeren Reizen. Doch wer den Drang nach mehr trickreich umgehen möchte, tut besser daran, sein Leben im Kleinen abwechslungsreich zu gestalten. Die Vergnügen zu wechseln ist ein Weg, um dem Abstumpfen der Sinne zu entkommen. Wer gerade Huhn gegessen hat, dem wird eine Banane besser schmecken als noch mehr Huhn. Wie Hirnforscher experimentell gezeigt haben, mundet hingegen nach einer Banane den meisten Menschen Fisch am besten. Und zwar, das ist das Überraschende, besser noch als sonst: Nach dem Genuss einer Banane wird der Wohlgeschmack des Fischs intensiver als üblich empfunden.

Kontraste sind demnach eine Quelle des Glücks. Zwar gewöhnt sich unser Gehirn schnell an alles, was schön und angenehm ist. Was eben noch eine erfreuliche Überraschung war, nimmt es nun als selbstverständlich hin und verlangt nach mehr. Doch wenn wir uns statt stärkeren Reizen *anderen* Reizen aussetzen, stellt sich die Lust wieder ein – wie bei dem Beispiel von Fisch und Banane womöglich sogar stärker als zuvor.

Wenn Sie gerade daheim einen amüsanten Abend mit Freunden verbracht haben, ist es also keine gute Idee, dieselbe Runde gleich wieder einzuladen. Die Latte liegt für alle Beteiligten zu hoch. Besser ist es, beim nächsten Mal in neuer Zusammensetzung etwas anderes zu unternehmen, etwa einen gemeinsamen Kinobesuch oder einen Abend zu zweit. Nach einer Weile kann man das erste Vergnügen durchaus wiederholen, denn allzu lange erinnern sich die Schaltkreise des Begehrens in unseren Köpfen nicht an das Erlebte. Die Kunst ist also, die Genüsse gewissermaßen im Rotationsverfahren ablaufen zu lassen.

Auch Konsum kann glücklich machen

Heute kommen wir unserem Bedürfnis nach Neuem in erster Linie durch Konsum entgegen. Jede Saison bringt neue Modetrends, ständig wirft die Industrie neue Unterhaltungselektronik auf den Markt. Und bis zu einem gewissen Punkt kann Einkaufen uns ja auch tatsächlich gute Gefühle bescheren: Wir streifen mit einer guten Freundin durch die Boutiquen, um das schrillste Partyoutfit zu finden, und haben viel Spaß dabei. Oder wir wälzen Prospekte und Fachzeitschriften, recherchieren im Internet, um dem DVD-Player mit dem besten Preis-Leistungs-Verhältnis auf die Spur zu kommen. Das hält uns auf angenehme Weise beschäftigt und steigert die Vorfreude.

Der Haken an der Konsumfreude ist, dass sie gewöhnlich über den Moment des Kaufens hinaus kaum noch gute Gefühle hinterlässt. Wir hängen das Kleid in den Schrank, nachdem wir es ein-, zweimal stolz vor dem Spiegel anprobiert haben, und denken nicht mehr daran. Und der DVD-Player bringt uns auch nicht viel mehr als der alte Videorecorder.

Dem Konsum abzuschwören dürfte den meisten Menschen in unserer Gesellschaft weltfremd vorkommen – nicht nur, weil unsere Wirtschaft zusammenbräche, wenn sie nur noch Grundbedürfnisse zu befriedigen hätte. Doch wir können unsere Einkäufe durchaus stärker nach dem Kriterium tätigen, wie viel gute Gefühle sie uns letztlich bescheren.

Der Heimwerker zum Beispiel, der sich endlich das lange gewünschte Schleifgerät anschafft, kann damit einiges anfangen, was wiederum Glücksgefühle hervorruft: Er erlebt die Freude der äußersten Konzentration auf eine Sache, wenn er einen alten Schrank abschleift, später die Befriedigung, das aufpolierte Möbelstück vor sich zu sehen. Und die Hobbygärtnerin, die im Herbst Blumenzwiebeln und Stauden aussucht, hat nicht nur viele Stunden potenziell befriedigender Gartenarbeit vor sich. Sondern sie wird im nächsten Frühjahr (nach Monaten der Spannung und Vorfreude) obendrein durch den sinnlichen Genuss belohnt, in den Farben, Formen und Düften ihrer Blumen zu schwelgen. So kann am Kauf eines Werkzeugs oder von ein paar Blumenzwiebeln über die pure Freude am Konsum hinaus eine ganze Kaskade von Glücksmomenten hängen.

Natürlich führt auch der Kauf eines neuen Computers oder einer Playstation zu weiteren Aktivitäten. Aber meist steht zu Hause bereits ein Vorläufermodell, sodass der Reiz des Neuen und die zusätzlichen Möglichkeiten von vornherein bescheiden ausfallen. Zum anderen haben gerade die Produkte der Unterhaltungselektronik einen entscheidenden Nachteil: Sie verführen uns zu Passivität und unseren Körper zu Bewegungslosigkeit. Da dies jedoch nicht im Sinne der Evolution liegt, quittiert der Körper das Herumsitzen sehr schnell mit Unlustgefühlen.

Den Reiz des Unbekannten entdecken

Glücksmomente gewinnt auch, wer das Unvorhersehbare schätzen lernt. Zunächst einmal betrachten wir alles Unbekannte mit gemischten Gefühlen: Einerseits bedeutet es Stress. Was der Bauer nicht kennt, das frisst er nicht. Andererseits ist die Neugier tief in uns eingeprägt, und eine freudige Überraschung stellt eines der stärksten Lustgefühle dar, das wir erleben können.

Leider siegt die Scheu vor dem Fremden häufig, denn wie alle Geschöpfe reagieren wir stärker auf die Gefahr einer Unannehmlichkeit als auf die Verlockung einer guten Erfahrung. Wenn Hoffnung gegen Angst antreten muss, gewinnt meistens die Angst. Auch das ist ein Erbe der Evolution.

Längst lauern nicht mehr überall Gefahren für unsere Existenz, aber die alten Programme laufen weiter. Viel zu oft hält uns die Vorsicht von lustvollen Entdeckungen ab – zum Beispiel, wenn wir im japanischen Restaurant schon wieder Sushi bestellen, obwohl wir schon so lange vorhaben, mal eingelegte Qualle oder wenigstens Teriyaki auszuprobieren. Dabei sind wir, dank unserer angeborenen starken Neigung zu lernen, durchaus in der Lage, das Unerwartete zu genießen.

Ganz einfache Begebenheiten bieten eine Chance, sich allmählich eine solche Einstellung zu Eigen zu machen – das Wetter zum Beispiel. Oft genug verfluchen wir das mitteleuropäische Klima, das einen nach ein paar Stunden Sonnenschein schon wieder mit Regen durchtränkt. Doch man kann sich dieser Unbeständigkeit auch erfreuen, denn sie bringt Spannung in die Landschaft, immer wieder neue Lichtstimmungen und nicht zuletzt Stoff für Plauderei.

Wer einmal den Reiz des Unvorhersehbaren entdeckt hat, wird ihn überall finden. Fremde Menschen zu treffen ist anregend, weil wir ihre Reaktionen nicht einplanen können. Einen Krimi zu lesen fesselt, weil die Geschichte unerwartete Wendungen nimmt. Und ist es für Eltern nicht eine der größten Freuden, zu sehen, wie ihre Kinder sich jeden Tag mehr zu einer eigenen Persönlichkeit entwickeln?

Bewegung – mäßig, aber regelmäßig

«No sports, just whiskey and cigars», das sei das Geheimnis seines langen Lebens, behauptete der einstige britische Premierminister Winston Churchill. Bis heute berufen sich Couch Potatoes gern auf dieses Motto – und bezahlen dafür mit schlechter Laune. Churchill selbst erreichte zwar ein gesegnetes Alter, war aber zeit seines Lebens von schweren Depressionen geplagt. Sport allein hätte die krankhafte Melancholie, an der er litt, vielleicht nicht vertrieben, aber wahrscheinlich spürbar gelindert: Selbst bei schweren Depressionen hebt körperliche Bewegung erwiesenermaßen die Stimmung. Bei schwächer ausgeprägten Formen des Gemütsleidens können Waldläufe sogar genauso wirksam sein wie eine Psychotherapie!

Wer trainiert, hat bessere Laune
Doch keineswegs profitieren nur Depressive von ein wenig körperlicher Anstrengung. Sport lässt auch gesunde Menschen die Welt rosiger sehen. Mehr als achtzig große Studien zu diesem Thema führten Forscher in Europa und Amerika durch, praktisch alle ergaben dasselbe: Wer regelmäßig trainiert, fühlt sich besser, hat mehr Selbstvertrauen, weniger Angst und ist seltener niedergeschlagen. Überraschenderweise erklärten bei den Stu-

dien Frauen noch häufiger als Männer, sich nach dem Training besser zu fühlen; die Gründe für diesen Unterschied der Geschlechter sind unbekannt.

Laufen, Schwimmen, Tanzen – alle Sportarten wirken, denn auf die Weise der Bewegung kommt es nicht an. Zwar lenken Übungen, die eine gewisse Konzentration erfordern – zum Beispiel das Einstudieren einer Aerobic-Schrittfolge – effektiver von Grübeleien ab als etwa das Radeln auf dem Standfahrrad. Dennoch bessert auch vergleichsweise langweiliges Ausdauertraining die Stimmung.

Körperliche Betätigung wirkt nämlich gleich mehrfach auf das Gemüt. Zum einen beschert Sport, richtig betrieben, immer ein Erfolgserlebnis. Denn jeder kann sich sein Ziel so setzen, dass es seinem Leistungsvermögen entspricht. Wer regelmäßige Bewegung nicht gewohnt ist, wird nach einem Waldlauf von eineinhalb Kilometern ein ebenso großes Triumphgefühl verspüren wie ein Athlet, der eine Marathonstrecke zurückgelegt hat. Dabei geht es nicht darum, irgendwelche Leistungsmarken zu erreichen. Sportlicher Ehrgeiz schadet eher, als dass er nützt. Zu hoch gesetzte Ziele sind oft nicht zu erreichen, führen zu Frustration und damit zum Ende aller guten Vorsätze.

Dreimal pro Woche, noch besser täglich eine halbe Stunde Sport genügen völlig, schließlich sind nicht Muskelpakete der Zweck der Übung. Wichtiger als die absolute Leistung ist, sein Training so zu bemessen, dass man dabei nicht aufgeben muss – und dann auch wirklich durchzuhalten. Viele Menschen mögen keinen Sport, weil er anstrengend, schweißtreibend und manchmal etwas unangenehm ist. Aber genau darin liegt sein Effekt. Der Lohn für den Sieg über den inneren Schweinehund ist sicher: Schon das Wissen darum, dass man seine Bequemlichkeit überwunden und etwas für sich getan hat, kann schlechte Laune verjagen.

Das Glück des Joggers

Zum anderen kurbelt Sport ganz direkt Vorgänge im Körper an, die unser Wohlbefinden erhöhen. Bewegung beschleunigt den Abbau von Stresshormonen – ein Grund, warum wir durch eine Runde Joggen oder ein Tennismatch Ärger und Aufregung hervorragend bekämpfen können. Regen sich die Muskeln, schüttet das Gehirn zudem Botenstoffe aus, die freudige Gefühle hervorrufen. Schon sprichwörtlich ist die Hochstimmung des Joggers, auf Englisch kurz und schön «Runner's High» genannt. Wenn die Erschöpfung naht, helfen Endorphine und verwandte Substanzen dem Organismus über die Qual hinweg weiterzulaufen. Euphorie verdrängt die Schwächegefühle und spornt den Läufer an, nicht aufzugeben.

Es ist nicht schwer zu erraten, warum die Natur diesen Mechanismus eingerichtet hat: Wenn ein Tier angegriffen und verletzt wird, würde ihm sein Instinkt normalerweise befehlen, sich niederzulegen, um seine Kräfte zu schonen. Die Endorphine sorgen jedoch dafür, dass es weder Schmerz noch Müdigkeit spürt. So kann das Opfer trotz einer Verletzung um sein Leben rennen.

Durch Bewegung das Gehirn anregen

Wie wir im ersten Teil des Buches gesehen haben, entspringt Glück dem Körper. Eine maßvolle Dosis Sport aber versetzt unseren Körper in einen Zustand, den er als Wohlgefühl interpretiert. Dazu tragen vor allem unsere Innensinne bei: Überall im Körper sind Fühler verteilt, mit denen das Nervensystem den Organismus überwacht. Dank dieser Sensoren können wir den Zustand des Herzens, des Magens, der Lunge, der Därme erspüren. Aber auch die Spannung aller großen Muskeln messen sie ständig. In jedem Moment trifft ein ganzes Konzert von Botschaften aus dem Körper im Gehirn ein, und wir können lernen, es aufmerksam wahrzunehmen und das tadellose Funktionieren des Körpers zu genießen.

Doch auch wenn wir uns dieser Nervensignale nicht bewusst werden, deutet das Gehirn sie als Emotionen. Erhöhte Muskelspannung und kalte Hände etwa versteht es als Indizien für Angst – auch wenn wir bloß zu lange in einem kühlen Zimmer am Computer gesessen haben. Trotzdem spüren wir eine leichte Missstimmung und wissen vermutlich gar nicht, warum.

Nach einer kleinen Anstrengung jedoch erwärmen sich die Gliedmaßen, die Muskeln entspannen sich, der Puls schlägt etwas schneller. Und genau diese Reaktionen entsprechen dem Spiegelbild guter Gefühle im Körper. Wir können also unser Gehirn durch Bewegung auf sanfte Weise manipulieren: Der Organismus gerät in den angeregten Zustand, den er sonst in Glücksmomenten einnimmt – und aus den entsprechenden Körpersignalen erzeugt das Hirn wiederum automatisch gute Gefühle.

Zu guter Letzt wirkt Sport auch direkt auf das Gehirn: Bewegung fördert das Wachstum und sogar die Neubildung von Hirnzellen. Wer seinen Körper trainiert, steigert deshalb die Leistung seines Gedächtnisses und lernt leichter. Sport ist also nicht nur das vielleicht sicherste Mittel überhaupt, die Stimmung zu heben – er regt obendrein den Geist an.

Sich einer Arbeit hingeben

Hunderte von berufstätigen Menschen hat der Psychologe Mihaly Csikszentmihalyi nach ihren Glücksmomenten befragt. Sportler waren darunter, Chirurgen und Dirigenten, Personen also, die mit höchster Konzentration bei der Arbeit sein müssen, aber auch viele Arbeiter und Angestellte, die ihre Tage am Fließband oder im Büro verbringen. Sie alle, gleich ob Chefarzt oder Schlosser, Künstlerin oder Buchhalter, gaben überraschend ähnliche Antworten: Nicht etwa daheim nach Feierabend fühlten sie sich am wohlsten, wie man erwarten könnte, sondern bei der Arbeit. Und der Unterschied fällt erheblich aus: Während ihrer Freizeit berichteten die Befragten dreimal häufiger von unangenehmer Lustlosigkeit als im Laufe der Arbeitsstunden.

Mehr noch: Fast unabhängig von ihrer Tätigkeit waren Csikszentmihalyis Gesprächspartner fähig, während der Arbeit Momente höchster Konzentration zu erleben, die sie als äußerst befriedigend empfanden. Für diesen beinahe euphorischen Zustand der Versenkung hat der ungarisch-amerikanische Forscher den Begriff «Flow», also Fließen, geprägt. Er bezeichnet Augenblicke, da die Zeit stillzustehen scheint und das eigene Ich in Vergessenheit gerät. Sogar der Strom von mehr oder minder sinnvollen Gedanken, die sich sonst permanent in unser Bewusstsein drängen, flaut ab. Nur die Konzentration auf die Aufgabe beherrscht unser Gemüt.

Wenn die Zeit stehen bleibt

Vollkommen in seinem Tun aufzugehen kann so angenehm sein, dass man die entsprechende Tätigkeit immer wieder verrichten will. Manchmal scheint es dann, als würden die Dinge von allein geschehen, als sei man selbst nur das Werkzeug einer höheren Macht. Viele Menschen kennen solche Momente etwa vom Skifahren oder Musizieren. Ebenso gut kann das Wohlgefühl aber bei alltäglichen Beschäftigungen aufkommen – sei es Tapezieren, Schreiben, das Prüfen einer Bilanz oder eine Präsentation vor Kunden. Entscheidend ist nur, eine Aufgabe zu finden, mit der das Gehirn optimal ausgelastet ist.

Umgekehrt bedeuten diese Einsichten jedoch, dass kaum etwas Menschen so sehr in ihren Möglichkeiten beschneidet, Freude zu empfinden, wie Arbeitslosigkeit. Kein anderer äußerer Umstand, von schweren Krankheiten und Schicksalsschlägen abgesehen, ist in unserer heutigen Gesellschaft ein größeres Hindernis, Glück zu empfinden.

Verständlicherweise ziehen sich viele Menschen, die ihren Job verloren haben, zurück – aus Niedergeschlagenheit, Scham, aber auch, weil für viele Aktivitäten nun das Geld fehlt. Doch Passivität macht alles nur noch schlimmer. Gerade wer keinen Job hat, der ihm Momente der Befriedigung verschaffen kann, sollte sich andere Beschäftigungen suchen, die sinnvoll sind und ihm Spaß machen. «Flow» ist nicht an bezahlte Arbeit gebunden. Ehrenamtliche Tätigkeiten bieten sich an, da sie über die pure Beschäftigung hinaus meist auch Anerkennung und soziale Kontakte bieten. Auch Weiterbildung, Kurse, Hobbys aller Art können zwar nicht das Loch in der Haushaltskasse stopfen, sehr wohl aber die fehlende Freude an der Arbeit kompensieren.

Die richtigen Ziele setzen

Woher kommen nun die Hochgefühle, wenn wir uns intensiv mit einer Sache befassen? Auch dabei dürfte Dopamin, die Substanz des Wollens, eine wichtige Rolle spielen. Wie bereits geschildert, steuert dieser Botenstoff die Aufmerksamkeit und ruft lustvolle Erregung hervor. Wenn wir uns konzentrieren, wird im Gehirn vermehrt Dopamin frei. Seine Wirkung mag erklären, warum Menschen anstrengende und dabei streng genommen nutzlose Tätigkeiten wie Fußball oder Schach spielen immer wieder ausüben wollen: Möglicherweise sind die Begeisterten gewissermaßen süchtig nach dieser natürlichen Droge, die in Momenten besonderer Aufmerksamkeit während des Spiels freigesetzt wird.

Hinzu kommt die Erwartung des Erfolgs. Wenn wir ein Ziel vor Augen haben, erregt uns die Herausforderung. Und wenn wir ein Stück auf dem Weg dorthin geschafft haben, spüren wir einen kleinen Triumph. Doch dann steht gleich das nächste Etappenziel in Aussicht, das Wollen setzt wieder ein. So kann die leichte Niedergeschlagenheit, die sonst oft folgt, wenn etwas erreicht ist, gar nicht erst aufkommen. Wenn eine Aufgabe den richtigen Schwierigkeitsgrad hat, schwingt die Wippe zwischen Begehren und Belohnung ständig hin und her. Diese beiden Gefühle aber sind mit der Ausschüttung von Dopamin und von Opioiden, den körpereigenen Glücksdrogen, verbunden.

Damit sich der Zustand des «Flow» einstellen kann, muss man sich anfangs oft etwas zur Aufmerksamkeit zwingen. Es gilt, die Schwelle zu überschreiten, hinter der die Konzentration zum Selbstläufer wird. Von diesem Punkt an bleibt man mühelos bei der Sache, besonders, wenn man ein bisschen stärker gefordert ist als gewohnt. Hilfreich ist es, sich von Anfang an Etappenziele zu setzen. Kaum ein Kletterer zum Beispiel könnte sich zum Ein-

stieg in die Wand aufraffen, würde er nur an das Fernziel denken.
Meist ist der Gipfel von unten ja nicht einmal zu sehen. Jeder
Alpinist unterteilt darum seinen Aufstieg unbewusst so, dass er
sich ständig kleine Erfolgserlebnisse verschafft. Er freut sich nach
fünf Metern in der Wand, wenn er sich an einem schwierigen
Griff hochgezogen hat, nach fünfzehn Metern, wenn er einen
Überhang gemeistert hat, nach 45 Metern schließlich, wenn die
Seillänge bewältigt ist. So geht es über mehrere hundert oder gar
tausend Meter leichtere und schwerere Seillängen bis zum Gipfel.

Zu leicht ist so schlimm wie zu schwer

Sprichwörtlich sind die Leiden des Sisyphus, der unaufhörlich
einen Felsbrocken einen Berg hinaufrollen musste. Das war seine
Strafe, weil er die Götter beleidigt hatte. Doch warum war Sisyphus eigentlich unglücklich? Hätte er nicht bei der Arbeit die
Freuden des «Flow» empfinden können? Dass die Arbeit körper-
lich anstrengend war, dürfte dem mythischen Helden nicht viel
ausgemacht haben, schließlich war er gut im Training. Auch dass
ihm nur kurze Erfolge vergönnt waren – jedes Mal nach dem
Erreichen des Gipfels rollte der Brocken gleich wieder den Hang
hinunter – wäre zu ertragen gewesen. Bei vielen anderen Arbeiten, zum Beispiel beim Putzen, ist der Effekt ja auch nicht von
Dauer. Eine gewisse Befriedigung empfinden wir trotzdem,
wenn wir die Küche gewischt haben. Nein: Was die Sisyphus-
arbeit zur Qual macht, ist ihre Eintönigkeit.

Denn wie Csikszentmihalyi in seinen Interviews erfuhr, haben
Menschen nur dann Aussicht auf die Glücksmomente des
«Flow», wenn die Beschäftigung ihr Gehirn genau im richtigen
Maße fordert. Dann führt Anstrengung nicht zu Erschöpfung
und Unlust, sondern kann angenehme Erregung, sogar leichte
Euphorie auslösen. Ist eine Aufgabe dagegen zu schwer oder zu
leicht, stellen sich keine guten Gefühle ein.

Dass die Befriedigung ausbleibt, wenn wir überfordert sind,
leuchtet ein: Wer keine Erfolgserlebnisse hat, ist frustriert.
Selbstzweifel und Hilflosigkeit plagen ihn. Doch der entgegen-

gesetzte Zustand, die Unterforderung, ist kaum erträglicher. Langeweile breitet sich aus. Sie quält uns, weil das Gehirn die Leere nicht mag. Negative Vorstellungen, Ängste und Niedergeschlagenheit drängen sich auf, wenn die grauen Zellen zu wenig ausgelastet sind.

Neurobiologische Studien zeigen, dass sich eine zu einfache Aufgabe im Kopf tatsächlich ähnlich auswirkt wie eine zu schwierige. Sobald das Gehirn nicht genug gefordert ist, unterscheidet es nämlich nicht mehr zwischen wichtigen und unwichtigen Reizen. Die Konzentration ist dahin, Unruhe und Unlust breiten sich aus. Bei Überforderung hingegen versagt das Arbeitsgedächtnis, das normalerweise alle eingehenden Informationen filtert und Unwichtiges aussortiert. Bricht es zusammen, wird das Bewusstsein ebenfalls mit Reizen überflutet. Die Aufmerksamkeit geht also gleichermaßen verloren, wenn das Gehirn zu wenig oder zu viel zu tun hat.

Unterforderung kann krank machen

Ein Mangel an Herausforderung kann sich auf das seelische Gleichgewicht genauso verheerend auswirken wie Überforderung. Menschen, die mit ihrer Arbeit nicht ausgelastet sind, erkranken mit erhöhter Wahrscheinlichkeit an Depression und Angststörungen. Und für hoch begabte Kinder bedeutet ein normales Lerntempo oft schier unerträgliche Langeweile, die in echtes seelisches Leid bis hin zu Selbstmordphantasien ausarten kann. Erst wenn diese Schüler eine echte Herausforderung spüren, geht es ihnen wieder besser. Die Lösung ist also, sie entweder eine Klasse überspringen zu lassen oder sie mit schwierigeren Aufgaben zu beanspruchen. Manche Eltern schicken ihren hoch begabten Nachwuchs nachmittags zum Beispiel in einen Japanischkurs.

Da die Symptome fast identisch sind, wissen wir oft selbst nicht, ob uns eigentlich zu viel oder zu wenig Anstrengung auf die Stimmung schlägt. Das kann zu verhängnisvollen Fehlentscheidungen führen. Wer abends immer erschöpft aus dem Büro kommt und glaubt, ihm wachse alles über den Kopf, kann

durchaus unter Unterforderung leiden. Dann aber ist ein ruhige-
rer Job oder Teilzeitarbeit keine Lösung – der Gestresste sollte
vielmehr seinen Chef um mehr und anspruchsvollere Aufgaben
bitten. Nur genaue Selbstbeobachtung vermag Klarheit zu schaffen; am besten, wir notieren wie Csikszentmihalyis Versuchspersonen, in welchen Situationen wir uns mehr oder weniger wohl
fühlen.

Glücksrezept Kochen

Auch im Privatleben sollten wir uns die Dinge nicht zu leicht
machen. In allen Lebensbereichen stehen uns heute Produkte
und Dienstleistungen zur Verfügung, die uns die Arbeit erleich-
tern oder ganz abnehmen. Den Verzicht auf Spülmaschine, Mi-
krowelle oder den Sushi-Lieferservice nahe zu legen wirkt jedoch
fast lächerlich. Schließlich ist es angenehm, die schmutzigen Tel-
ler nach dem Abendessen in die Spülmaschine zu räumen. Aber
ob wir die gewonnene Viertelstunde vor dem Fernsehen wirklich
glücklicher verbringen als beim Abspülen per Hand? Die Forschungsergebnisse der Psychologen und Neurowissenschaftler
lassen daran zweifeln.

Vielleicht gelingt es uns wenigstens hin und wieder, die Zivili-
sationsschraube ein bisschen zurückzudrehen. Auch eine Tief-
kühlpizza kann schmecken, aber die Lust daran währt kaum länger als die Zeit, die es braucht, sie in den Ofen zu schieben und
aufzuessen. Mehr Wohlgefühle bringt es, die Pizza selbst zu ba-
cken. Schon wenn wir im Kochbuch blättern, springen in unserem Kopf die Mechanismen der Vorfreude an. Kein Unglück,
wenn das Rezept Zutaten enthält, die nicht ganz leicht zu besor-
gen sind: Das Gehirn schüttet Botenstoffe aus, die uns zum
Handeln motivieren und unsere Stimmung ankurbeln.

Ohnehin ist Kochen ein ideales Beispiel für eine Tätigkeit, die
ein ganzes Feuerwerk von Glücksgefühlen auslösen kann: Da ist
die Vorfreude bei der Auswahl des Rezepts und beim Einkaufen,
dann der «Flow», wenn wir das Essen zubereiten, und natürlich
der sinnliche Genuss, wenn wir das hoffentlich gelungene Gericht kosten. Hinzu kommt aber noch die Befriedigung der uns

tief eingeprägten Lust am Neuen: Die Möglichkeiten, neue Rezepte auszuprobieren und mit unbekannten Zutaten zu experimentieren, sind in der Kochkunst unerschöpflich. Wenn wir schließlich Freunde oder unsere Familie bewirten, genießen wir obendrein Anerkennung und das Glück, in Gesellschaft zu sein. Nicht zuletzt bieten Kochen und Essen Stoff für unzählige Gespräche, bei denen jeder mitreden kann. Und auch wer allein lebt und sich – oft gegen großen inneren Widerstand – zum Kochen aufrafft, wird mit dem guten Gefühl belohnt, sich selbst ein wenig verwöhnt zu haben.

Allerdings kommt es auch beim Kochen darauf an, sich die richtigen Ziele zu setzen: Lieber ein wohlgeratenes Schnitzel mit Bratkartoffeln und Salat servieren, als sich bei der Zubereitung eines Dreigängemenüs zu überfordern! Wie bei allen anderen Tätigkeiten folgen sonst Stress und Frustration statt Freude an der Arbeit.

So führt Aktivität auch jenseits des Berufslebens zu guten Gefühlen. Es kommt gar nicht so sehr darauf an, was man tut. Die Wohnung renovieren, Klavier spielen lernen, sich für ein soziales Projekt einsetzen – alles funktioniert. Albert Einstein fand Freude am Holzhacken, der römische Kaiser Diokletian daran, Gemüse zu züchten. Selbst das Kehren eines Hofs kann befriedigend sein. «Der Mensch beschäftigt sich damit, sein Glück zu suchen», schrieb der französische Philosoph Alain, «aber sein größtes Glück liegt darin, dass er beschäftigt ist.»

Die Sinne schulen

«Bliss» heißt ein schönes Wort der englischen Sprache. Schon sein Klang lässt ahnen, was es bedeutet: das äußerste Hochgefühl, Seligkeit. Einen solchen Moment, in dem die ganze Welt vor Glück zu leuchten scheint, muss Rosa Luxemburg empfunden haben, als sie die folgenden Zeilen verfasste:

«Wissen Sie, wo ich Ihnen diesen Brief schreibe? Ich habe mir ein kleines Tischchen herausgestellt und sitze nun versteckt zwischen grünen Sträuchern. Rechts von mir die gelbe Zier-johannisbeere, die nach Gewürznelken duftet, links ein Liguster-strauch … und vor mir rauscht langsam mit ihren weißen Blät-tern die große, ernste und müde Silberpappel … … Wie ist es schön, wie bin ich glücklich, man spürt schon beinahe die Johan-nisstimmung – die volle, üppige Reife des Sommers und den Lebensrausch.»

Diesen Brief an Sophie Liebknecht schrieb Rosa Luxemburg 1917 aus dem Gefängnis. Es war schon ihr drittes Jahr in Haft, und sie wusste, dass sie als Pazifistin bis zum Ende des Krieges einsitzen würde. Aber die Langeweile, die Schikanen und die Ungewissheit über die Zukunft konnten ihr wenig anhaben. Et-was in ihr war stärker. «Da liege ich still allein, gewickelt in diese vielfachen schwarzen Tücher der Finsternis, Langeweile, Unfrei-heit des Winters – und dabei klopft mein Herz von einer unbe-greiflichen, unbekannten inneren Freude, wie wenn ich im strah-lenden Sonnenschein über eine blühende Wiese gehen würde. Wie merkwürdig das ist, dass ich ständig in einem freudigen Rausch lebe – ohne jeden besonderen Grund», wunderte sie sich in einem anderen Brief aus demselben Jahr.

Dennoch ahnte sie recht genau, woher ihr Glück kam. Zum einen stärkte sie natürlich die Überzeugung, für eine größere Sa-che im Gefängnis zu sitzen. Ihre außergewöhnliche Gabe, sich zu freuen, aber verdankte Luxemburg ihrer intensiven Wahrneh-mung. Sie hat selbst die Begeisterung für den Gesang der Vögel und das Rauschen der Blätter als Quelle ihrer guten Gefühle be-schrieben: «Ich glaube, das Geheimnis ist nichts anderes als das Leben selbst.»

Wahrnehmung vertreibt dunkle Gefühle

Heute wissen wir, wie gut begründet diese Vermutung ist. Wahr-nehmung und Stimmung hängen eng zusammen. Im Zustand der Niedergeschlagenheit schwindet auch das Interesse an der Welt. Ein depressiver Mensch ist ganz nach innen gerichtet. Er beschäftigt sich nur mit den eigenen Belangen und versucht, durch ständiges Grübeln die Ursachen seines Elends ausfindig zu machen. Gelingt es dagegen, den Blick nach außen zu wenden, bleibt für Sorgen und Ängste wenig Raum. Sich mit anderen Menschen und Dingen zu befassen durchbricht den Kreislauf der dunklen Gedanken und Gefühle. So ausgelastet, beginnt ein glückliches Gehirn sich selbst zu vergessen. Ähnlich wie bei befriedigender Arbeit gehen wir auch in Momenten intensiver Wahrnehmung ganz auf in dem, was wir tun und was um uns geschieht. Dabei können wir ohne äußeren Anlass das reinste und vielleicht schönste aller Hochgefühle empfinden: das Glück, am Leben zu sein.

Die Konzentration auf das, was unsere Sinne wahrnehmen, hält negative Gefühle fern. Denn das Gehirn verhält sich, als könne es keine Leere ertragen. Stellen Sie sich vor, Sie sitzen in einem Zimmer und haben nichts zu tun. Irgendwo spielt ein Radio. Ob Sie wollen oder nicht, hören Sie jetzt die Musik, denn die Aufmerksamkeit gehorcht dem Willen nicht immer. Sobald dem Gehirn Reize angeboten werden, stürzt es sich darauf. (Deshalb lesen wir auch bei jedem Stadtbummel viel mehr Werbebotschaften, als uns eigentlich interessieren.) Sie können die Störung nur dann ignorieren, wenn Sie etwas anderes zu tun haben. Wenn Sie etwa am Telefon ein ernsthaftes Gespräch führen, blendet das Hirn das Gedudel im Hintergrund aus. Die grauen Zellen benötigt es jetzt für Wichtigeres.

Auch Sorgen sind eine Störung. Sie machen sich besonders dann im Gehirn breit, wenn es leer läuft. Wer hat noch nie beim Einschlafen über die Unwägbarkeiten der Zukunft gegrübelt? Deshalb wirkt es tatsächlich, Schäfchen zu zählen, wenn man nicht einschlafen kann: Die Hirnzellen sind beschäftigt und lassen keine Sorgen aufkommen.

Dass wir uns in müßigen Momenten viel eher mit unangenehmen Phantasien als mit schönen Erinnerungen befassen, liegt wieder an unserer evolutionären Programmierung: Drängen sich gleichzeitig ein Furcht erregender und ein erfreulicher Gedanke auf, gewinnt immer der düstere den Wettbewerb um die Aufmerksamkeit. Denn eine mögliche Gefahr abzuwenden hat für das Gehirn oberste Priorität.

Auch tagsüber geraten wir vor allem in unkonzentrierten Momenten ins Brüten, und häufig überkommen uns dann Angst und Selbstzweifel. Das biblische Matthäus-Evangelium beschreibt diesen Zusammenhang zwischen Wahrnehmung und Gefühlen in der wundersamen Szene auf dem See Genezareth: Vom Boot aus sieht Petrus Jesus auf dem Wasser wandeln und will zu ihm laufen, was auch gelingt. Dann aber wendet er den Blick von Jesus ab und lässt sich vom starken Wind ablenken. Furcht ergreift ihn, und prompt geht er unter.

Auch Alltägliches kann unseren Geist beflügeln

Wenn wir intensiv schauen, lauschen oder fühlen, können wir alles andere und sogar uns selbst vergessen. Manchmal überkommt uns eine solche Konzentration wie von allein, etwa wenn wir wie hypnotisiert das Meer beobachten – oder beim Sex.

Seine Wahrnehmung willentlich zu fokussieren ist schon viel schwieriger. Was dabei hilft, ist die Freude daran, die Welt ganz anders wahrzunehmen als gewohnt. Haben Sie schon einmal gehört, wie unterschiedlich es klingt, wenn Regen auf Fensterscheiben, Dächer oder Bäume trifft? Oder haben Sie gesehen, wie sich das Sonnenlicht an Ihren Fingernägeln bricht und winzige Lichtpunkte in allen Regenbogenfarben aufleuchten lässt?

Sorgen und Ängste können in solchen Momenten unwesentlich werden. Aber das allein erklärt noch nicht die gehobene Stimmung, die wir dann empfinden. Woher also kommt die Freude beim Hören und Sehen? Die Lust am Entdecken spielt dabei wieder einmal eine wichtige Rolle. Der Botenstoff Dopamin sorgt dafür, dass sich unsere Aufmerksamkeit auf die neuen Reize richtet und wir deshalb freudige Erregung empfinden. Dieses Programm läuft ebenso in den Hirnen von Tieren ab – bei einer Katze etwa, wenn sie einen Vogel fixiert.

Oft kommt jedoch eine Fähigkeit hinzu, die nur dem Menschen eigen ist: der Umgang mit Symbolen. Blumen auf dem Tisch erfreuen uns, auch wenn sie für unseren Organismus keinerlei praktischen Wert haben. Schließlich haben wir nicht vor, die Rosenstängel zu essen. Unsere Gefühle verdanken wir vielmehr denselben Regungen, die uns angesichts der Buchstaben eines Romans laut auflachen lassen. Eigentlich sehen wir nicht mehr als etwas Druckerschwärze auf einem weißen Blatt. Doch das Gehirn fügt eine Bedeutung hinzu, und so entsteht vor unserem inneren Auge ein ganzer Strom von Bildern, Szenen und Emotionen, in den wir eintauchen können wie in ein anderes Leben. Dieses Vorstellungsvermögen beruht auf unserer angeborenen Neigung, alle Zeichen der Umwelt zu deuten. Romantische Gefühle, die wir beim Anblick eines üppigen Rosenstraußes haben, sind also nichts als ein Abfallprodukt der Evolution.

Auch in den Briefen der Revolutionärin Luxemburg, die gewiss nicht von Rührseligkeit angekränkelt war, liegt etwas von dieser Dimension. Wenn sie die aufblühenden Sträucher sieht und den Wind in der Pappel rauschen hört, weckt das in ihr die Vorfreude auf den Sommer. Aber ihre Assoziationen dürften noch weiter reichen. Sie mag an die Folge der Jahreszeiten denken, an Veränderung und vermutlich auch an ihre Hoffnung auf eine bessere Welt. Und sie genießt es, einfach am Leben sein. So sehr können Alltagserfahrungen beflügeln, wenn man ihnen nur einen Augenblick lang nachgeht. Leicht vergessen wir dabei, welch enorme Leistungen des Gehirns diese Freude voraussetzt. Selbst die intelligentesten Affen haben an Blumen und Sonnenuntergängen kein Vergnügen.

Neue Reize im Vertrauten entdecken

Eine der Industrien, die weltweit am stärksten wachsen, ist der Tourismus. Reisen schafft Abwechslung, und es macht Spaß, unbekannte Gegenden zu erkunden. Das Problem ist nur, dass schon nach ein oder zwei Wochen selbst der exotischste Ort vertraut zu werden beginnt. Dagegen hilft der Aufbruch zu neuen, noch aufregenderen Zielen. Der andere und oft bessere Weg ist, die Augen weiter zu öffnen. Denn gewöhnlich nehmen wir nur einen winzigen Ausschnitt unserer Umgebung wahr. Darüber wunderte sich schon der bengalische Dichter Rabindranath Tagore:

«Über viele Jahre / unter großen Kosten / reise ich durch viele

Länder / sah die hohen Berge / die Ozeane / nur was ich nicht sah / war der glitzernde Tautropfen / im Gras gleich vor meiner Tür.»

So ist es: In allem, was uns umgibt, können wir ein Vielfaches mehr sehen, hören, riechen und schmecken, als wir es normalerweise tun. Und der aufmerksame Betrachter wird im Alltäglichen ungeahnte Reize ausmachen.

Wer das Neue im Vertrauten erleben will, braucht etwas Übung. Die meisten Menschen sind es gewohnt, nicht viel mehr wahrzunehmen als nötig. So schützt sich das Gehirn vor Reizen, die für das Überleben keine große Rolle spielen. Schaltkreise unter dem Einfluss von Dopamin lenken die Wahrnehmung und verschaffen uns eine lustvolle Erfahrung nur dann, wenn der neue Reiz einen Vorteil verspricht. Doch diese Einschränkung lässt sich überwinden. Schließlich ist der Impuls, auf ein Fahrrad zu steigen und es fahren zu lernen, auch nicht angeboren.

Ebenso können wir Sinnlichkeit trainieren, indem wir unsere Aufmerksamkeit bewusst steuern. Ein Weg dorthin ist, den Zweck und die Bedeutung der Dinge für ein paar Momente außer Acht zu lassen und sich nur auf die Wahrnehmung zu konzentrieren. Fallendes Laub erscheint dann nicht mehr als Ärgernis, das man vom Rasen harken muss; stattdessen bemerken wir vielleicht das kaum wahrnehmbare Geräusch, wenn ein Blatt zur Erde segelt. Unbekannte Gesichter kategorisieren wir einmal nicht nach dem Schema sympathisch/unsympathisch, sondern betrachten das Muster der Falten, die sich im Lauf eines Lebens eingeprägt haben.

Für die meisten Zeitgenossen ist eine Fliege nur ein lästiges Tier. Ein Hobby-Insektenforscher aber kann einen ganzen Kosmos in diesem Geschöpf sehen. Begeistert wird er vielleicht erzählen, dass es sich hierbei nicht um eine gewöhnliche Stubenfliege, sondern um die seltenere Waldfliege Hippobosca equina handelt. Ihn fasziniert, dass ihr Auge aus mehr als 700 Facetten besteht und Ultraviolett sehen kann, und er schwärmt davon, welch ein Wunder an Leichtbau ihr Flügel ist. Und schon ist der

Insektenliebhaber in einen kleinen Rausch der Entdeckerfreude geraten.

Auch in diesem Fall kommt es nicht darauf an, wofür sich jemand begeistert. Ob Theater, Fußball oder die Technik von Motorrädern – jedes Interesse steigert die Lebenslust. Ein solches Glück muss nie enden, ganz anders als die Lust am Konsum, die häufig in Unzufriedenheit mündet. Denn jede Erfahrung, jeder Zugewinn an Wissen stößt Türen zu neuen Entdeckungen auf. So begibt man sich auf eine Reise, die ein Leben dauern kann und auf der ein Vergnügen das nächste gibt.

Meditation ist Wahrnehmung in Reinform

Schon im antiken Griechenland verstanden die Menschen Hochgefühle als ein göttliches Geschenk. Mystiker fast aller Religionen haben mit Techniken experimentiert, um gezielt solche Zustände zu erreichen. Meist beruhen sie auf ähnlichen Mechanismen wie die Freude, die wir beim intensiven Schauen oder bei konzentrierter Tätigkeit erleben. Meditation zum Beispiel ist gelenkte Wahrnehmung, durch die der Übende zu Selbstvergessenheit und Gefühlen der Euphorie gelangen soll.

Ob ein Zen-Mönch seine Atemzüge zählt, ein Yogi die immer gleichen Formeln eines Mantras rezitiert oder ein Christ sich in sein Gebet versenkt – stets richtet der Meditierende seine Wahrnehmung auf einen einfachen Fokus. So hält er sein Gehirn beschäftigt und hindert es daran, sich Gedanken über Alltagssorgen zuzuwenden. Das beruhigt den Geist und entspannt den Körper.

Meditation hat messbare Wirkungen: Wenn sich die Gedanken beruhigen, lockern sich die Muskeln, verschiebt sich die elektrische Hirntätigkeit in einen ruhigeren Rhythmus, sinken die Pulsfrequenz, der Sauerstoffverbrauch und der Blutdruck. Zugleich kreisen weniger Stresshormone im Blut, und damit dürfte es zusammenhängen, dass regelmäßige Meditation das Immunsystem stärken kann. Der ganze Organismus geht in einen ausgeglicheneren Zustand über, den das Gehirn als angstfrei, entspannt und wohlig deutet.

Das reglose Sitzen ist nicht jedermanns Sache. Doch viele, die es praktizieren, empfinden eine Art stiller Freude, sobald ihre Gedanken zur Ruhe gekommen sind. Schon dies kann äußerst angenehm sein. Erfahrene Meditierer erleben aber weit mehr als nur das Wohlgefühl der Entspannung. Sie berichten von Momenten geradezu überirdischer Verzückung, von dem Gefühl, mit dem ganzen Universum zu verschmelzen. Der amerikanische Mediziner und Stressforscher Michael Baime, der sich seit dreißig Jahren in buddhistischer Meditation übt, beschreibt einen solchen Augenblick so: «Es war eine Empfindung von Energie, die in mir ihr Zentrum hatte. Mein Geist entspannte sich, und ich spürte intensive Liebe, Klarheit und Freude. Die Verbundenheit mit allem in der Welt, die ich fühlte, war so tief, als wäre da nie eine Trennung gewesen.»

Lange tat die Wissenschaft solche Erlebnisse als Einbildung oder gar Hysterie ab. Doch jüngst konnten Forscher anhand von Tomographenbildern zeigen, dass solchen Momenten höchster Euphorie tatsächlich bestimmte neurobiologische Vorgänge im Gehirn zugrunde liegen. Das Glück der Versenkung ist also keine Illusion, sondern ein sehr realer und sogar messbarer Zustand.

Hat das Gehirn eine Schaltung für Gott?

Von Epileptikern ist bekannt, dass sie bei ihren Anfällen seltsame Erfahrungen machen können, die manche später als Begegnung mit Gott deuten. Eine solche Episode mag Saulus auf der Straße nach Damaskus zum Anhänger Christi bekehrt haben. Die Vision, die der Heilige in der Apostelgeschichte beschreibt, stimmt jedenfalls recht gut mit den Schilderungen von Menschen mit Schläfenlappenepilepsie überein: Der Pharisäer Saulus sah auf der Straße nach Damaskus ein helles Licht über sich blitzen. Er stürzte zu Boden und hörte eine Stimme fragen: «Saul, Saul, warum verfolgst du mich?» Danach war er drei Tage lang erblindet und konnte weder essen noch trinken.

In den Schläfenlappen des Gehirns sitzen Zentren, die Wahrnehmungen von außen mit elementaren Regungen wie Hunger und Angst, aber auch mit Erinnerungen in Verbindung bringen. Hirnforscher bezeichnen sie deshalb als Torhüter zum Bewusstsein. Werden die Schläfenlappen auf ungewöhnliche Weise stimuliert, erleben Menschen heftige Gefühlsstürme, manchmal Ekstase, und berichten danach von tiefen inneren Einsichten und mystischen Erfahrungen. Genau dies widerfährt Epileptikern, deren Hirnzellen bei einem Anfall ein paar Sekunden lang wild feuern.

Inzwischen können Forscher solche Zustände durch starke Magnetfelder auch bei gesunden Menschen auslösen. Nach einem solchen Experiment berichteten neun der 15 Versuchspersonen von einer Gotteserfahrung. Die Wissenschaftler hatten den linken Schläfenlappen stärker angeregt als den rechten, sodass ein unnatürliches Ungleichgewicht im Gehirn entstand. Möglicherweise konnte das Gehirn den verwirrenden Input nur als Wirken einer äußeren Kraft im Innersten der Person deuten, kurz: als Begegnung mit Gott.

Denn ganz automatisch versucht das Gehirn, Unklarheiten zu vermeiden und Widersprüche wegzuerklären, wo immer es kann. Welcher Interpretation es dabei zuneigt, bestimmt die Lebensgeschichte eines Menschen. Wer im Christentum verwurzelt ist, wird sein Erlebnis als Gotteserfahrung begreifen; Buddhisten dürften es eher als Moment der Erleuchtung deuten, als Einblick in die Wahrheit über das eigene Dasein.

Beziehungen pflegen

Einsam reitet der Westernheld am Ende des Films in den Sonnenuntergang. Sein Mädchen ist entweder im Endkampf mit den Gangstern auf tragische Weise umgekommen, oder es hat ihn gehen lassen – wehmütig, aber verständnisvoll. Und wie die zurückbleibende Schöne weiß auch das Publikum: So muss es sein. Ein Held kann nur in der Einsamkeit existieren. Ein John Wayne als Farmer, der Kartoffeln pflanzt? Charles Bronson als glücklicher Familienvater? Undenkbar.

In Büchern, Filmen und Dramen der westlichen Zivilisation wimmelt es von solchen einsamen Wölfen. «Der Starke ist am mächtigsten allein», heißt es bei Schiller. Gerade das deutsche Gedankengut ist von der Idee durchzogen, Einsamkeit sei ein besonders erstrebenswerter Zustand. Caspar David Friedrichs «Mönch am Meer», Hermann Hesses «Steppenwolf», Thomas Manns tragische Künstlerfiguren: Sie alle lassen uns glauben, dass Alleinsein den Menschen seinem innersten Wesen näher bringe. Einsamkeit wird zum Quell besonnenen Handelns und schöpferischer Kräfte stilisiert.

Freunde bereichern das Leben – und verlängern es

Das genaue Gegenteil davon ist wahr, wie zahllose Untersuchungen zeigen. Mehr als alles andere bedeutet ständige Einsamkeit Stress – eine andauernde Belastung für Körper und Geist. Unterstützung bei anderen zu suchen ist normalerweise einer der besten Wege, mit Stress fertig zu werden; Einsame müssen ohne die menschliche Wärme auskommen, die die Härten des Lebens erträglicher macht. Zudem ruft die Einsamkeit selbst Stress hervor. Sich allein zu fühlen kann auch ohne äußere Belastung quälend sein: Unrast kommt auf, Denken und Fühlen sind durch die Wirkung der Stresshormone vernebelt, die geistige Leistungsfähigkeit ist herabgesetzt. Von Kreativität ist in einer solchen Lage nicht mehr viel zu spüren. Und Stress schwächt das Immunsystem, die Abwehrkräfte schwinden. Isolation macht traurig und krank.

Menschen in anderen Kulturen sehen Einsamkeit denn auch

meist als das, was sie ist: ein oft qualvoller und wenig natürlicher Zustand. Inder zum Beispiel wundern sich maßlos, wenn ein westlicher Tourist ohne Begleitung auftritt. Der indischstämmige Literaturnobelpreisträger V. S. Naipaul beschreibt in einer seiner Geschichten ein Ehepaar aus Bombay, das es aus kleinen Verhältnissen zu Wohlstand gebracht hatte. Trotzdem zog es aus seinem Luxusapartment zurück in die Enge der schäbigen, dicht bevölkerten Baracken, in denen die beiden aufgewachsen waren. Die Ehefrau konnte die Stille in ihrer teuren Wohnung nicht ertragen und erkrankte an Depressionen.

Wie für einen chronisch Kranken oder einen Langzeitarbeitslosen ist es auch für einen Einsamen nicht unmöglich, glücklich zu sein. Aber es fällt ihm schwerer als einem Menschen, der in ein Netz sozialer Bindungen eingewoben ist. Das hat mehrere Gründe: Wie wir gesehen haben, ist Glück immer mit Aktivität verbunden – sei es Arbeit, Sport, Lernen, ein Kinobesuch oder ein Naturerlebnis. Wer wegen seiner Einsamkeit ohnehin niedergedrückt und lustlos ist, muss sich viel stärker überwinden, etwas zu unternehmen. Für ihn liegt die Schwelle zu guten Gefühlen besonders hoch.

Zum anderen geht dem Einsamen eine der wichtigsten Möglichkeiten überhaupt ab, sich Glücksmomente zu verschaffen. Denn wie Sozialpsychologen nachgewiesen haben, ist eine Bindung an andere einer der wenigen äußeren Umstände, die praktisch immer die Lebenszufriedenheit steigern. Freunde bereichern jedoch nicht nur unser Leben, sie verlängern es obendrein. Zu diesem Schluss kommen mehrere Untersuchungen aus Westeuropa und den Vereinigten Staaten an einigen zehntausend Menschen: Soziale Kontakte beeinflussen die Lebenserwartung im Schnitt mindestens so stark wie Rauchen, Bluthochdruck, Übergewicht oder regelmäßiger Sport. Unabhängig von Alter, Gesundheitszustand und Geschlecht wird ein einsamer Mensch mit einer mehr als doppelt so großen Wahrscheinlichkeit im Lauf des kommenden Jahres sterben als einer, der sich gut aufgehoben fühlt. Rauchen dagegen steigert das Sterblichkeitsrisiko nur um das Anderthalbfache.

Freundschaft kann Liebe nicht ersetzen

Stärker noch als Freundschaften wirken sich die Qualität der Partnerschaft und die Häufigkeit von Sex auf die Lebenszufriedenheit aus. So glücklich Freunde uns machen – eine funktionierende Partnerschaft können sie nicht ersetzen. Trotzdem verfechten gewisse Bücher und Zeitschriften noch immer eine Single-Romantik, nach der ein Kreis guter Freunde und eine kleine Affäre dann und wann mehr Glücksgefühle bringen als eine Paarbeziehung mit all ihren Konflikten und Kompromissen. Doch für die allermeisten Frauen und Männer führt diese Idee in die Irre.

Keine Frage – wer ständig seine Geliebten wechselt, lebt aufregender. Aber ein Bekenntnis zu einem auf den ersten Blick langweiligen Beziehungsalltag kann sich lohnen. Denn die Bindung an einen Partner erzeugt gute Gefühle. Und regelmäßiger Sex fördert nicht nur das Wohlbefinden, sondern festigt auch das Miteinander. Wie im Kapitel über die Liebe erläutert, deutet einiges darauf hin, dass Menschen eine natürliche Neigung zur Monogamie haben, die von komplizierten Regelkreisen im Hirn gesteuert wird. Vermutlich deshalb können dauerhafte Liebesbeziehungen mehr Wärme und mehr Geborgenheit geben als Freundschaften. Singles erkranken denn auch weit öfter an Depressionen als Verheiratete, bei Geschiedenen liegen die Zahlen sogar noch höher.

Den Partner ermuntern, sein Glück zu suchen

Während wir andere wichtige Glücksfaktoren wie Arbeit oder Wahrnehmung eher unterschätzen oder gar leugnen, ist in den westlichen Gesellschaften fast jeder davon überzeugt, dass Liebe eine entscheidende Voraussetzung für das Lebensglück ist. Umso erstaunlicher erscheint, wie wenig die meisten Menschen in ihre Partnerschaft investieren. Wie gegenüber dem Glück insgesamt, so herrscht auch in Beziehungen häufig eine Art Sterntaler-Mentalität vor: Wir glauben, wir müssten nur unser Kleidchen ausbreiten, und schon regne das Liebesglück auf uns herab. Unser Partner soll uns glücklich machen. Gelingt ihm das nicht, ist er eben nicht der Richtige. Viele Menschen sind eher bereit, den Liebsten oder die Liebste zu wechseln, als von dieser passiven Haltung abzurücken.

Aber wie wir gesehen haben, hängen Glücksgefühle in erster Linie von unserer inneren Wahrnehmung ab. Selbst wenn unser Partner sich jede erdenkliche Mühe gibt: Er kann das Glück nicht in unser Hirn hineinstopfen. Niemand vermag einen anderen glücklich zu machen; es ist allenfalls möglich, bessere Voraussetzungen dafür zu schaffen, dass der andere sein Glück findet.

Zu diesen Voraussetzungen gehören Respekt und Toleranz gegenüber jenen Seiten des anderen, die wir als seltsam oder sogar unsympathisch empfinden. Ebenso wichtig ist emotionale Verlässlichkeit, denn wenig kann einen Menschen so unter Stress setzen wie die Unberechenbarkeit seines oder seiner Liebsten. Darüber hinaus aber vermag ein Partner den anderen zu ermuntern, aktiv zu werden, sich zu entfalten und seine Glücksfähigkeit so zu steigern. Schließlich kostet vieles, was uns glücklich macht, zunächst Überwindung. Ein Lebensgefährte, der uns hin und wieder ein wenig antreibt, statt uns zu bremsen, ist daher gleich ein doppelter Glücksfall.

Machen Kinder glücklich?

Kinder bringen Leben ins Haus und wärmen das Herz ihrer Eltern. Sie brauchen uns, strahlen uns mit riesigen Augen an, wenn sie guter Laune sind, und ihre Entwicklung von Tag zu Tag mitzuverfolgen ist das größte aller denkbaren Abenteuer. Viele Eltern sagen, sie hätten ihr Glück in ihren Kindern gefunden.

Umso erstaunlicher sind die Aussagen, die uns die Sozialforschung über das Glück der Elternschaft liefert. Fragt man zum Beispiel Paare, wie zufrieden sie miteinander sind, so antworten Kinderlose regelmäßig mit besseren Werten als Mütter und Väter. Gleich vier unabhängige

Studien sowohl aus Europa als auch aus Amerika lieferten dieses Ergebnis.

Kinder mindern nämlich die Freude, die Eltern aneinander haben. Im Lauf der Jahre ergibt sich eine typische Berg-und-Tal-Fahrt der Lebenszufriedenheit, die überraschenderweise bei Müttern und Vätern parallel verläuft. Das Glück in der Partnerschaft sinkt bereits während der Schwangerschaft und erreicht seinen ersten Tiefpunkt, wenn das älteste Kind im Krabbelalter ist. Danach geht es wieder etwas aufwärts, bis beim ersten Kind die ersten Anzeichen der Pubertät auftreten. Dann fällt die Zufriedenheit schnell auf ihren absoluten Tiefpunkt. Offenbar sind Teenager für die Liebe der Eltern noch belastender als Kleinkinder. Ein Baby zu haben bedeutet oft physische Anstrengung und Schlafmangel. Halbwüchsige jedoch halten ihre Eltern auf Trab, indem sie deren Gefühle mitunter bis an die Grenze des Erträglichen strapazieren. Ist der letzte Sprössling aus dem Haus, erreicht die Zufriedenheit der Eltern wieder ungefähr den Pegel, den sie vor dem Kindersegen hatte. So durchschreiten Mutter und Vater ein Tal des Unglücks in der Ehe, das im Normalfall allerdings nicht allzu tief ist – im Durchschnitt liegt die Zufriedenheit der Eltern in der Teenagerzeit der Kinder um etwa zehn Prozent unter dem Wert der besten Jahre.

Kinder machen also glücklich und unglücklich zugleich – Glück ist eben nicht das Gegenteil von Unglück und schließt es nicht aus. In der Summe scheinen sich Strapazen und Freuden ungefähr auszugleichen. So kommt eine neue deutsche Untersuchung denn auch zu dem Schluss, dass Eltern alles in allem mit ihrem Leben weder glücklicher noch unglücklicher sind als kinderlose Paare.

Einen messbaren Einfluss hat Nachwuchs nur auf die Zufriedenheit in der Paarbeziehung, und dieser wirkt sich negativ aus – anders, als es sich die meisten Eltern mit

Kinderwunsch erträumen dürften. Weil die Belastung meist nicht allzu groß ist, werden stabile Partnerschaften jedoch leicht mit ihr fertig. Doch eine gewisse Probe für das Zusammenleben bedeutet Nachwuchs fast immer. Darum ist es wenig aussichtsreich, wenn ein Baby, wie es so oft geschieht, eine angeschlagene Partnerschaft retten soll.

Aufmerksamkeit wirkt der Routine entgegen

Doch um dem Partner zu helfen, mehr Lebensfreude zu finden, müssen wir ihn sehr gut kennen. Sonst läuft er Gefahr, von uns zu Dingen gedrängt zu werden, die ihm nicht liegen oder die ihn überfordern. Psychospiele, in denen es darum geht, die Vorlieben seines Lebensgefährten zu benennen, sorgen immer wieder für Erheiterung. Der Hintergrund ist allerdings nicht besonders komisch: Die meisten Menschen wissen viel zu wenig über das, was ihre Nächsten glücklich macht.

Kennen Sie die Lieblingsspeise, die Lieblingsmusik, die Lieblingsbücher Ihres Partners? Wissen Sie, welche Lebensträume er sich gern noch erfüllen würde? Gesetzt den Fall, eine gute Fee schenkte täglich ihm eine halbe Stunde zur freien Verfügung – was würde er mit der gewonnenen Zeit anfangen? Noch heikler: Haben Sie eine Idee, was er im Bett gern einmal ausprobieren würde? Vielleicht sind Sie sicher, die Antworten zu kennen. Aber fragen Sie ihn oder sie ruhig einmal, ob Sie damit richtig liegen. Vermutlich werden Sie die eine oder andere Überraschung erleben – oder erfahren, wie wenig Ihr Partner sich selbst kennt.

Wie im letzten Kapitel beschrieben, ist Wahrnehmung ein Schlüssel zum Glück. Im Zusammenleben mit anderen gilt das ganz besonders: Nicht nur kann es uns ein Leben lang entzücken, immer wieder neue Eigenschaften, Fähigkeiten und Ansichten bei unserem Partner zu entdecken. Sein Verhalten und seine Reaktionen genau zu beobachten, ihn oder sie unvoreingenommen wahrzunehmen ist darüber hinaus eine entscheidende Voraussetzung dafür, zu seinem Glück beizutragen. Aber versuchen Sie nicht, Gedanken zu lesen. Fragen Sie den anderen im Zweifelsfall nach seinen Wünschen und Gefühlen – vor allem, aber keineswegs nur, wenn es um Sex geht.

Zu den Irrtümern, die sich wie Staub über unser Glück legen, gehört die Überzeugung, den anderen so gut zu kennen wie sich selbst. Dieses Vorurteil kann eine lebendige Beziehung über die Jahre hinweg ersticken. Von wem wir keine Überraschungen mehr erwarten, der hat als Quelle von Glück eigentlich ausgedient. Schließlich hat uns die Natur programmiert, neue Erfahrungen zu suchen, und belohnt uns dafür mit guten Gefühlen. In aller Regel ist jedoch nicht der Partner im Laufe der Zeit langweiliger geworden, sondern wir haben aus Bequemlichkeit oder Ignoranz aufgehört, ihm mit Aufmerksamkeit zu begegnen. Die wenigsten von uns sind sich über ihr eigenes Erleben und die eigenen Bedürfnisse wirklich im Klaren, wie wir im folgenden Kapitel sehen werden. Umso weniger ist es möglich, einen anderen Menschen in- und auswendig zu kennen.

Besser allein als in schlechter Gesellschaft

Auch wenn Freunde und Partnerschaft zu den wichtigsten Bausteinen eines glücklichen Lebens zählen, sollte man sie trotzdem nicht um jeden Preis suchen. Denn gerade weil menschliche Nähe für das Wohlbefinden so wichtig ist, kann die falsche Gesellschaft mehr Stress bedeuten als das Leben allein. Ganz abgesehen davon, dass dauernde Konflikte das psychische Wohlbefinden schmälern, bezahlt auch der Körper dafür. So schwächt ein destruktiver Umgang in der Partnerschaft das Immunsystem. Wissenschaftler haben sogar gemessen, dass nach einem Streit zwischen Eheleuten die Zahl der Killerzellen und Antikörper im Blut, die Krankheitserreger angreifen sollen, deutlich zurückgeht. Auch deren Funktionstüchtigkeit lässt nach – umso mehr, je feindseliger die Partner ihren Streit ausfechten.

Kommen solche Zwistigkeiten nur gelegentlich vor, bleiben sie folgenlos; Paare aber, die sich ständig schlecht vertragen, müssen mit Folgen für die Gesundheit rechnen. Es gibt also handfeste Anhaltspunkte dafür, dass der ganze Organismus unter einem unerfreulichen Zusammensein leidet. Wenn die Gefühle der Sympathie zu dem anderen fehlen und sich auch nicht mehr herstellen lassen, kann es besser sein, die Beziehung zu beenden.

Wie soll man mit der Einsamkeit, die dann möglicherweise folgt, umgehen? Einen ungewöhnlichen Rat gibt der französische Philosoph Montaigne aus eigener Erfahrung: «Ich erziehe und reize meinen Geschmack zu körperlichen Annehmlichkeiten.» Denn «wir müssen uns mit Zähnen und Klauen an den Genuss der Freuden dieses Lebens klammern, die uns bleiben». Also heiße Bäder, Massagen, Düfte, Musik, gutes Essen gegen die Qualen des Alleinseins? Ja! Eine der großen Gefahren der Einsamkeit ist der Verlust der Selbstachtung; wer sich verwöhnt, steuert dem entgegen.

Überdies führen all diese Genüsse zur Freisetzung von Opioiden, die Spannungen abbauen und den Trübsinn mildern. Während diese körpereigenen Glücksdrogen in großen Mengen das Bedürfnis nach menschlicher Nähe eher vermindern, regen sie in bescheidener Konzentration die Lust auf soziale Aktivitäten an. So wirken sie der Einsamkeit entgegen. Gut gelaunte Menschen sind geselliger. Der Grund ist vermutlich, dass eine leicht gehobene Stimmungslage die Angst löst, die einen sonst häufig vor Kontaktaufnahme zurückschrecken lässt.

Kapitel 5: Was uns unglücklich macht – und wie wir es überwinden

Aktiv mehr freudige Momente in seinem Leben zu suchen ist der wichtigste Schritt auf dem Weg zum Glück. Doch er reicht nicht aus: Es gilt auch zu lernen, mit dem Unglück umzugehen und ihm – wann immer möglich – zu entwischen.

Natürlich können wir Schicksalsschläge nicht oder nur sehr bedingt abwenden. Eine Phase der Trauer und des Rückzugs ist eine natürliche und sinnvolle Reaktion auf schreckliche Erfahrungen wie den Verlust eines geliebten Menschen. Diese Gefühle zu bekämpfen wäre falsch. Nur wenn die Trauer nach angemessener Zeit nicht weichen will, sind Gegenmaßnahmen angezeigt. Denn dann hat sie sich von ihrem Anlass gelöst und in unserem Gehirn ein zerstörerisches Eigenleben begonnen.

Ohnehin stürzt nicht alles Unglück von außen auf uns ein. Die Missstimmungen und die Unzufriedenheit, die uns so oft den Alltag vergällen, obwohl in unserem Leben eigentlich alles gut läuft, entstehen größtenteils in unserem Kopf. Denn wie für das Glück, so gilt auch für das Unglück: Entscheidend ist nicht so sehr, was um uns herum geschieht, sondern wie wir es wahrnehmen. Und wie das Glücklichsein kann man leider auch das Unglücklichsein lernen. Niedergeschlagenheit, Unlust und düstere Gedanken werden uns dann zur Gewohnheit, ohne dass wir nennenswerte Gründe bräuchten, um uns zu ärgern, hängen zu lassen oder Sorgen zu machen. Im schlimmsten Fall verfestigt sich die chronische Missstimmung zur Depression, die eine ernst zu nehmende Krankheit ist und unbedingt der ärztlichen Behandlung bedarf.

Ihre leichtere Variante, die alltägliche Niedergeschlagenheit, zählt neben der Selbsttäuschung und dem Neid zu den drei zentralen Glücksräubern, um die es in diesem Kapitel geht. Gemeinsam ist ihnen allen, dass sie uns weniger Glücksmomente erleben lassen, als wir könnten. Auf die eine oder andere Weise verdüstern und verzerren sie unsere Sicht der Realität – als würden wir eine dunkle Brille tragen. Alle drei entfalten ihre perfide Wirkung ausschließlich in unserem Innenleben. Genau das aber gibt uns die Chance, es mit ihnen aufzunehmen. Im letzten Teil des Kapitels geht es deshalb um Strategien, die ungetrübte Sicht auf unsere Gefühle und Bedürfnisse zurückzugewinnen. Der Schlüssel dazu ist Selbsterkenntnis.

Die Fallen der Selbsttäuschung

Das Gehirn ist die Schaltzentrale der guten Gefühle. Doch leider neigt dieses Organ zu ein paar Winkelzügen, die verhindern, dass wir so glücklich sind, wie es uns möglich wäre. Wir nehmen sie hin – nicht weil uns diese Taschenspielertricks nützen, sondern weil wir sie einfach nicht kennen.

Fast unfähig sind wir zum Beispiel, uns auszumalen, wie sich eine unbekannte Situation auf unsere Stimmung auswirken wird. Grundsätzlich neigt das Gehirn nämlich dazu, die Folgen positiver wie negativer Entwicklungen maßlos zu überschätzen. Wir tätigen eine Geldanlage in der Erwartung, sie würde uns reicher und damit glücklicher machen; wechseln den Job, weil wir glauben, die neue Arbeit würde uns mehr Freude bereiten; ziehen in eine andere Stadt in der Hoffnung, wir würden uns dort wohler fühlen. Und stellen fest, dass unser Leben dahinplätschert wie gehabt.

Nicht, dass Veränderungen unwichtig wären. Nur überschätzen wir oft, welche Wirkung sie auf unsere Zufriedenheit haben werden. Weil wir uns an positive wie negative Änderungen im Leben sehr schnell gewöhnen, wirken sich äußere Umstände viel weniger auf unser Wohlbefinden aus, als wir meinen. (Es gibt Ausnahmen: An bestimmte chronische Schmerzen etwa von Arthritis, aber auch an Lärm gewöhnen sich viele Menschen nie. Wer geräuschempfindlich ist, sollte also nie dem Immobilienmakler glauben, der behauptet, das Rauschen der Durchgangsstraße vor dem Fenster würde man bald gar nicht mehr wahrnehmen.)

Wenn wir unser Leben beurteilen, machen wir sehr oft den

Fehler, Zufriedenheit mit Glück zu verwechseln. Was ist der Unterschied? Glück erleben wir im selben Moment, in dem wir eine Erfahrung machen. Glück gibt es also nur in der Gegenwart. Zufriedenheit ist das, was wir davon im Kopf behalten, entsteht also in der Rückschau. Glück verhält sich zur Zufriedenheit wie ein Kinofilm zu einer Filmkritik, die in wenigen Worten ein Urteil über den Streifen abgibt.

Wenn jemand uns fragt, ob wir in der neuen Wohnung glücklich sind, wird er höchstwahrscheinlich eine Auskunft über unsere Zufriedenheit bekommen. Denn vor der Antwort werden wir kaum jeden Moment seit dem Einzug vor dem inneren Auge Revue passieren lassen. Und wie unsere Meinung über einen Film, so entsteht auch Zufriedenheit vor allem durch Vergleiche: Wir überlegen, wie unser Leben sein müsste, wie wir es erträumen, wie andere dastehen – und ziehen daraus unsere Schlüsse. Dabei kommen wir selten zu einem Ergebnis, das uns annehmbar erscheint. Denn stets finden wir das, was wir haben, weniger interessant als das, was wir haben könnten.

Oft wissen wir nicht, wie glücklich wir sind

Menschen, die häufig Glücksmomente erleben, sind unter dem Strich auch eher zufrieden. Trotzdem kann man sehr wohl zufrieden, aber nicht glücklich sein. Umgekehrt gibt es Menschen, die Glück empfinden und trotzdem Unzufriedenheit hegen. Das klingt vielleicht nicht weiter tragisch, doch die beiden Begriffe durcheinander zu bringen kann uns zu falschen Entscheidungen treiben und uns um ein größeres Maß an erfreulichen Gefühlen bringen.

Stellen Sie sich zum Beispiel vor, Sie wären Lehrer. Dann würden Sie höchstwahrscheinlich lieber an einer guten als an einer schlechten Schule unterrichten. Denn Sie würden annehmen, dass die Arbeit Ihnen dort mehr Spaß macht und Sie deswegen zufriedener wären. In Amerika fiele Ihre Entscheidung wohl erst recht so aus. Eine schlechte Schule in den Vereinigten Staaten bedeutet: Metalldetektoren am Eingang, die Waffen in den Ranzen aufspüren sollen. Zu wenig Bücher, dafür vandalensichere

Klassenzimmer. Drogenhandel auf der Straße, Gangs, die Lehrer überfallen.

In den Bänken guter Schulen dagegen sitzen Kinder von Anwälten, Ärzten und Unternehmern, daheim auf späteren Berufserfolg geeicht und motiviert. Die Eltern haben hohes Schulgeld bezahlt, in den Klassenzimmern sind die neuesten PCs ans Internet angeschlossen. Gibt es Schwierigkeiten, stehen Privatlehrer und Psychologen bereit. Verglichen mit den Zuständen in den Armenvierteln fällt die Arbeit dort den Lehrern leicht und ist von Erfolg gekrönt.

Doch die Betroffenen selbst sehen das anders. Als Sozialpsychologen 200 Lehrer an guten und schlechten Schulen in Houston, Texas, Abend für Abend befragten, wie befriedigend sie ihre Arbeit an diesem Tag empfunden hatten und ob sie sich glücklich fühlten, kamen sie zu sonderbaren Ergebnissen: Die Lehrer an Schulen in sozialen Brennpunkten antworteten im Durchschnitt genauso wie ihre Kollegen aus den reichen Vororten. Konnten die alltägliche Misere, all die Frustrationen wirklich so an ihnen vorübergehen?

Die Forscher gingen einen Schritt weiter und gaben den Lehrern kleine Computer mit, die jede Stunde ein Signal von sich gaben. Wenn sie den Piep hörten, sollten die Lehrer auf dem Bildschirm ankreuzen, wie glücklich sie in diesem Moment waren. Nun ergab sich ein etwas anderes Bild. Die Lehrer der guten Schulen zeigten sich vormittags bester Laune. Wenn sie mittags nach Hause gingen, fiel ihre Stimmung auf ein Mittelmaß zurück. Bei denen, die in den Slums unterrichten, war es genau umgekehrt. Während der Stunden, die sie im Klassenraum stehen mussten, waren sie kreuzunglücklich; nachmittags hellte sich ihr Gemüt wieder auf.

So wenig ist also den Menschen ihr eigenes Leben vertraut. Den Lehrern in den Armenvierteln war selbst nicht bewusst, wie sehr die verkommene Umgebung ihnen zusetzte. Und ihre Kollegen an den guten Schulen unterschätzten, wie viel Spaß sie an ihrem Job hatten. Beide Gruppen fahren schlecht mit dem verstellten Blick: Die einen kommen oft nicht auf die Idee, sich eine

bessere Stelle zu suchen oder um bessere Bedingungen zu kämpfen; die anderen merken nicht, wie gut es ihnen geht, und sind
unzufriedener, als sie sein müssten.

Was ist schief gegangen? Ihr Gedächtnis spielte den Lehrern
einen Streich. Statt sich auf ihre wirklichen Emotionen zu besin-
nen, stützte sich ihr Urteil auf den Vergleich mit dem Gewohnten. Abends gefragt, wie glücklich sie seien, stellten die Lehrer
der schlechten Schulen fest, dass ihr Tag wie alle Tage war – also
nach ihrem Maßstab in Ordnung. So entging ihnen, wie unwohl
ihnen bei der Arbeit in Wirklichkeit zumute war. Derselbe Vorgang, nur mit umgekehrtem Vorzeichen, lief in den Köpfen ihrer
privilegierten Kollegen ab.

Die Lehrer beider Gruppen hatten also Glück und Zufriedenheit verwechselt. Die einen waren glücklich, die anderen unglücklich, obwohl sie sich alle als leidlich zufrieden betrachteten.
Gründlich täuschten sie sich darüber, was sie glücklich machte –
und was nicht. Manchmal kennen wir unser eigenes Leben nicht.

Aber schadet das eigentlich? Allerdings. Denn auch wer an seiner Lage eigentlich nichts auszusetzen hat, kann unter ihr leiden.
Andauerndes Unglück geht nicht spurlos an Menschen vorüber:
Sehr oft zeigen sich körperliche Folgen. Emotionen wie Angst
und Niedergeschlagenheit bedeuten Stress, auch wenn man sie
nicht bewusst wahrnimmt. Und wie viele Untersuchungen gezeigt haben, macht Stress krank. Unter anderem schwächt er das
Immunsystem und erhöht das Risiko, einer Herz-Kreislauf-Er-
krankung zum Opfer zu fallen.

Warum man gehen sollte, wenn es am schönsten ist

Sie haben sich glänzend amüsiert, doch als Sie von der Party auf-
brechen wollten und den Mantel schon in der Hand hatten,
drängelte sich ein alter Bekannter grußlos an Ihnen vorbei. Solch
eine kurze, unangenehme Begegnung kann die Erinnerung an
den ganzen Abend überschatten. So freizügig geht das Gedächtnis mit der Wirklichkeit um – wenige Sekunden zählen manchmal mehr als ein paar Stunden.

Hinterhältigerweise neigt das Gehirn nämlich dazu, nur die

letzten Augenblicke eines Ereignisses – also etwa den Abschied von der Party – sowie die Momente besonders intensiver Gefühle abzuspeichern. Haben wir uns an einem eigentlich angenehmen Sonntag einmal heftig über unsere Kinder geärgert, werden wir diesen Tag als einen schlechten in Erinnerung halten. Das gemütliche Frühstück, den Sonntagsspaziergang, das anregende Gespräch beim Kaffee vergessen wir dagegen.

So tönt das Gehirn die Wirklichkeit in seiner eigenen Farbe, und manchmal verkehrt es die Wahrheit sogar in ihr Gegenteil. Alles andere wäre ein Wunder: Auf jeden Reiz aus der Außenwelt kommen mehrere Millionen Signale, die im Kopf selbst entstehen. Das Gehirn hat also mehr als genug Möglichkeiten, die Realität zu manipulieren, und nutzt sie ausgiebig.

Falsche Erinnerungen an die eigenen Gefühle sind so etwas wie ein perfektes Verbrechen des Gehirns. Es lässt sich kaum aufdecken. Einen Maßstab, an dem wir später objektiv prüfen könnten, was wir im fraglichen Augenblick wirklich empfunden haben, gibt es nicht. Während Emotionen sich an den Reaktionen des Körpers ablesen lassen, sind Gefühle eine rein private Angelegenheit. Sie existieren nur im Gehirn. So bleiben uns höchstens indirekte Hinweise, wenn es die Spuren getilgt hat.

Diese automatische Geschichtsklitterung macht uns oft genug unser Leben madig. Es erscheint uns im Nachhinein weniger erfreulich, als wir es von Moment zu Moment erleben. Wenn wir diesen Mechanismus durchschauen, können wir ihn jedoch auch in unserem Sinne nutzen. Wer von einem schwungvollen Fest im schönsten Moment aufbricht, handelt klug: Der letzte Eindruck bleibt hängen. Und wer kurze Augenblicke intensiven Glücks auskosten kann, ist zu beneiden, weil das Gedächtnis nach dem Prinzip Maximum arbeitet: An diese Höhepunkte wird es sich immer erinnern.

Falsche Erwartungen halten das Glück fern
Noch mehr als Erinnerungen verzerren Erwartungen unser Lebensgefühl. Die ewig Zweitplatzierten können ein Lied davon singen. Bei den Olympischen Spielen mit Silber geehrt zu wer-

den ist ruhmreich, aber Bronze macht glücklicher. Während sich nämlich die Zweitbesten schon ganz oben auf dem Treppchen wähnten und sich darüber ärgern, um wie wenige Zehntelsekunden sie ihr Ziel verfehlt haben, fühlen Bronzemedaillisten sich glänzend, wie Psychologen herausgefunden haben. Die Dritten können sich darüber freuen, überhaupt eine Medaille gewonnen zu haben und damit in die Annalen des Sports eingegangen zu sein. Die Silbergewinner dagegen haben den ersten Platz verfehlt und sind knapp an ihren Hoffnungen vorbeigeschrammt. «Nichts ist gut noch schlecht, nur dein Denken macht es dazu», lässt Shakespeare Hamlet sagen.

Oft wird deshalb behauptet, Pessimisten seien zufriedenere Menschen. Wer nicht viel Gutes vom Leben erwarte, könne von der Realität nur angenehm überrascht werden. Dies allerdings ist ein Irrtum. Denn Pessimismus nährt überflüssige Sorgen und Ängste, was an sich schon die Glücksfähigkeit mindert. Zudem verhindert er positive Erfahrungen oft von vornherein, denn ob wir das Beste hoffen oder das Schlimmste befürchten, bestimmt, wie wir an eine Sache herangehen. Mutlosigkeit ist kein guter Antrieb.

Ein Student, der glaubt, dass er eine kommende Prüfung nie im Leben bestehen wird, spart sich das Lernen lieber gleich. Optimismus ist unerlässlich als Ansporn, sich anzustrengen. Er setzt Kräfte frei, wie viele Studien zeigen, bei denen sich optimistische Menschen immer wieder nicht nur als die besser gelaunten, sondern auch als die leistungsstärkeren Schüler, Sportler oder Verkäufer erwiesen. Darum fährt besser, wer positive Erwartungen hat. Realistische Hoffnungen in Bezug auf Dinge, die mindestens teilweise in unserer Macht stehen, tragen dazu bei, dass ebendiese Hoffnungen sich erfüllen. Doch eine übertrieben rosarote Sicht der Zukunft wird sehr wahrscheinlich enttäuscht. Ein kluger Student wird also ein gutes Bestehen der Prüfung anvisieren, kein Prädikatsexamen.

Neid und Statusdenken

«Wann freut sich ein Buckliger? – Wenn er einen noch größeren Buckel sieht», behauptet ein jiddisches Sprichwort. Schadenfreude kann befriedigend sein, weil wir in diesen Momenten unser Glück gegenüber dem Unglück des anderen hervorstechen sehen. Psychologische Experimente haben die traurige Wahrheit bestätigt – schon die bloße Anwesenheit eines Rollstuhlfahrers hebt bei den meisten Menschen die Stimmung und lässt sie auf Fragebögen über die Zufriedenheit mit dem eigenen Leben höhere Werte ankreuzen.

Doch solches Behagen währt kurz. Es fällt zwar leicht, Menschen zu entdecken, denen es schlechter geht, aber man findet immer auch jemanden, den man beneiden kann. Und die meisten von uns neigen dazu, sich an den wirklich oder vermeintlich Erfolgreicheren, Wohlhabenderen oder Glücklicheren zu messen. Selbst die größten Gestalten der Geschichte scheinen davor nicht gefeit gewesen zu sein: «Napoleon beneidete Caesar, Caesar Alexander den Großen und Alexander vermutlich Herkules, den es nie gegeben hat», schrieb der britische Philosoph Bertrand Russell.

Für solche Vergleiche nach oben zahlen wir prompt mit schlechten Gefühlen: Niedergeschlagenheit, Scham und der ohnmächtige Zorn, vom Leben ungerecht behandelt zu werden. Wer den Hang hat, ständig auf die Erfolge anderer zu schielen, muss sich heutzutage in praktisch allen Lebensbereichen als Versager fühlen: Heere von Zeitschriftenmodels bringen uns dazu, Traumfiguren und eine makellose Haut für den Normalfall zu halten; Filme und Romane machen uns weis, Liebespaare müssten mindestens einmal am Tag feurig übereinander herfallen. Die Erzählungen anderer Mütter lassen die eigenen Kinder ein wenig zurückgeblieben erscheinen, und außerdem gerät immer unser Kollege an die interessanteren Projekte und darf auf Firmenkosten Dienstreisen nach Paris und New York unternehmen.

Seitenblicke vergällen uns das Leben

Sehr oft beruht das Unbehagen am scheinbaren Glück der anderen auf einer verzerrten Wahrnehmung: Wir sehen das Haben der Mitmenschen ohne ihr Soll. Wir ärgern uns über einen Glanzpunkt in deren Leben und verkennen dabei, was sie dafür getan haben. Außerdem merken wir nicht, dass der Neid durchaus wechselseitig sein kann. Von außen betrachtet stellt sich oft heraus, dass die von uns glühend beneideten Leute ihrerseits missgünstig und bewundernd auf uns und unser Glück blicken. Diesen Effekt haben Wissenschaftler sogar statistisch nachgewiesen.

Es gibt nun einmal keinen objektiven Maßstab für Zufriedenheit. Deshalb muss so oft der Vergleich mit anderen herhalten, um zu entscheiden, ob wir uns nun wie Prinzen und Prinzessinnen oder wie arme Teufel fühlen sollen. «Wenn ein Mensch nur glücklich sein wollte, wäre dies nicht so schwer, aber er will glücklicher als andere sein, und dies ist fast immer schwer, denn wir stellen uns die anderen glücklicher vor, als sie sind», schrieb der französische Philosoph Montaigne.

Man könnte diese Verwirrung als kleine menschliche Schwäche belächeln, würden wir uns durch die missgünstigen Seitenblicke nicht gleich dreifach schaden. Zum einen lösen sie, wie gesagt, direkt negative Emotionen aus. Überdies verhindern sie, dass wir die erfreulichen Seiten unserer eigenen Situation gebührend wahrnehmen – Neid bringt uns also um gute Gefühle. Und schließlich können uns die ständigen Vergleiche mit anderen zu handfesten Fehlentscheidungen verleiten: Wer etwa glaubt, das Liebesleben anderer Leute sei viel aufregender als das, was sich im eigenen Schlafzimmer abspielt, lässt sich womöglich leicht zu Seitensprüngen hinreißen. So riskiert er seine Partnerschaft, in der er glücklich wäre, würden nicht die sinnlosen Zweifel an deren Leidenschaftlichkeit an ihm nagen.

Der Neid zählt oft mehr als der eigene Vorteil

Dass der Neid unausrottbar erscheint, versuchen Evolutionspsychologen mit dem Darwin'schen Überlebenskampf zu begründen: Wenn in der Natur jeder mit jedem rivalisiere, genüge es nicht, gut zu sein und genug zu haben. Durchsetzen könne sich nur, wer besser ist und mehr hat als andere. Deshalb sei uns die Missgunst einprogrammiert.

Ob es sich wirklich so verhält, ist ebenso schwer zu beweisen wie zu widerlegen. Nur weil Neid eine Funktion haben kann, muss er noch lange nicht angeboren sein. Allerdings trifft es zu, dass Menschen sogar dann neiden, wenn sie sich selbst damit schaden. Bei einem Tarifkampf in einem englischen Flugzeugturbinenwerk etwa waren die Arbeiter bereit, auf einen Teil ihres Lohns zu verzichten, wenn sie nur mehr bekämen als eine rivalisierende Gruppe. So viel Widersinn hat selbst die anwesenden Psychologen, die den Vorfall untersuchten, in Erstaunen versetzt. Dass sie gegen die eigenen Mitglieder vorgingen, war den streitenden Gewerkschaftlern natürlich bewusst. Sie meinten aber, das sei eine Frage der Gerechtigkeit.

Kein Wunder, denn schließlich fordert nichts so sehr zu Vergleichen und Missgunst heraus wie das Einkommen. Beliebtheit, gutes Aussehen, der Lebenserfolg im Allgemeinen lassen sich so oder so beurteilen; die Ziffern auf dem Gehaltszettel und dem Kontoauszug dagegen sind eindeutig. Und Geld kann ja auch wunderbar sein. Wer genug hat, ist abends schon im Taxi nach Hause gefahren, während andere noch im Regen auf den Bus warten. Geld macht schön und sexy, weil Kleider mit Klasse und gute Friseure nun einmal ihren Preis haben. Und wer ein Vermögen hat, ist unabhängig und kann seine Träume ausleben. Statt sich vom Chef schikanieren zu lassen, steht es ihm frei, Reisen zu unternehmen, eine eigene Firma zu gründen oder ein soziales Projekt ins Leben zu rufen.

So ist denn auch die Mehrheit der Menschen bereit, sehr viel Zeit, Mühe und Nerven zu investieren, um den eigenen Wohlstand zu steigern. Allerdings dürfte die meisten von ihnen der – oft nicht eingestandene – Wunsch, geachtet, bewundert und vielleicht ein wenig beneidet zu werden, ebenso stark antreiben wie das Bedürfnis nach mehr Annehmlichkeit. Natürlich fährt es sich in der teuren Limousine komfortabler als im Kleinwagen. Aber wann wäre die Bequemlichkeit der Sitze je ausschlaggebend für den Kauf eines Mercedes gewesen? Dumm nur, dass es so viele Leute gibt, die einen Porsche als Zweitwagen in der Garage stehen haben.

Im Rattenrennen gibt es keine Sieger

Ganze Regale voller soziologischer Studien beweisen, dass Geld kein geeignetes Mittel ist, die Lebenszufriedenheit zu steigern. Sobald das Einkommen über eine gewisse Schwelle gestiegen ist und die Grundbedürfnisse gedeckt sind, hat Wohlstand mit Wohlbefinden kaum mehr etwas zu tun. Die Freude über eine Gehaltserhöhung hält dann nur noch so lange vor, bis man sich an den höheren Lebensstandard gewöhnt hat. Wer 30 000 Euro im Jahr verdient, empfindet einen Menschen mit dreifachem Einkommen als wohlhabend. Doch dieser sieht das ganz anders. «Was würden Sie machen, wenn Sie plötzlich eine Million Mark hätten?», wurde der Bankier Hermann Josef Abs einmal gefragt. «Da müsste ich mich sehr einschränken», antwortete der.

Wie im Kapitel über die Vorfreude begründet, kann uns die Jagd nach Geld und Status keine dauerhaft guten Gefühle schenken. Schlimmer noch: Sie vermindert die Lebenszufriedenheit sogar. Mehrere Studien aus den letzten Jahren lassen den Ehrgeiz als wahres Folterinstrument erscheinen. Menschen, die großen Wert auf Geld, Erfolg, Ruhm und gutes Aussehen legen, sind nach diesen Erhebungen weniger mit ihrem Dasein zufrieden als andere, die eher nach guten Beziehungen zu ihren Mitmenschen streben, ihre Talente entwickeln oder sich für die Gesellschaft einsetzen wollen. Auch die Erfüllung ihrer Wünsche kann die Ehrgeizigen nicht erlösen: Vermögen und Einfluss heben ihre Stimmung nicht, weil ihnen sofort die nächsten Ziele vor Augen stehen.

Großer Ehrgeiz geht nach diesen Studien überdurchschnittlich häufig mit Ängstlichkeit und Depressionen einher. Offen bleibt, ob das Statusstreben Ursache oder Folge der labilen Seelenlage ist. Wahrscheinlich geht beides Hand in Hand. Eindeutig ist jedoch, dass das Rattenrennen den Getriebenen um viele Glücksmomente bringt. Wer nach oben will, muss schöne Stunden häufig auf später verschieben. Statt Ferien auf einer griechischen Insel winken ihm Überstunden am Schreibtisch – nicht etwa aus Freude an der Arbeit, sondern einzig in Hoffnung auf Beförderung. Und nicht einmal das garantiert den Erfolg: Ob ein Mensch Karriere macht, hängt mindestens ebenso sehr von Zufällen und von der Gunst anderer ab wie von seiner eigenen Leistung. So können leicht Gefühle des Ausgeliefertseins und der Hilflosigkeit aufkommen, und die sind die Wegbereiter von Angst und Depression.

Der chronische Trübsinn

Es gibt Tage, da würde man am liebsten im Bett bleiben. Unwillig und unausgeschlafen geht man dann doch in den Tag, aber selbst einfache Dinge scheinen gewaltige Mühen zu erfordern. Kleinigkeiten können einen an den Rand der Tränen bringen, überall scheint ein Affront zu lauern. Wenn es ginge, wollte man die ganze Welt um sich einfach vergessen. Doch mit sich allein zu sein ist auch unerträglich. Selbst die Gedanken fließen langsamer als sonst. Man macht sich Vorwürfe, fühlt sich leer und wertlos, sieht den eigenen elenden Zustand als gerechte Strafe für irgendein Vergehen. «Ich habe es ja nicht besser verdient.»

Jeder kennt solche Phasen in Grau, Zeiten von Selbstzweifel und Schwermut. So unangenehm es auch sein mag, so nützlich kann dieses Programm des Gehirns sein. Der Organismus antwortet mit Trauer, wenn wir etwas oder jemanden verloren haben oder wenn wir ein erhofftes Ziel nicht erreichen. Dieses Gefühl dient als Signal, es mit einem vielleicht sinnlosen Vorhaben nicht weiter zu versuchen. Niedergeschlagenheit ist ein Energiesparprogramm der Natur. Wenn das Gefühl für die eigenen Kräfte nachlässt, ziehen wir uns zurück, denken nach, überprüfen uns selbst. Oft gehen wir aus einer solchen Zeit mit größerer Klarheit und Stärke hervor.

Trauer kann ein Eigenleben entwickeln

Doch zu viel Trauer kann schaden. Wenn sich der Trübsinn verfestigt, entwickelt er ein Eigenleben, das mit seinem Anlass nur noch wenig zu tun hat. Wir sind dann nicht mehr traurig, weil das Gehirn nach einer Enttäuschung eine kurze Zeit der Neuorientierung braucht, sondern – weil wir traurig sind. Die Emotionen, die dem Organismus dienen sollten, richten sich nun gegen ihn. Die Abwärtsspirale der Depression kommt in Gang. Negative Gefühle lösen verzweifelte Gedanken aus, die uns nun erst recht den Kopf hängen lassen. Bald stellt sich die Frage nach Henne und Ei gar nicht mehr: Da uns die Lage hoffnungslos scheint, fühlen wir uns kraftlos und sind passiv. Und weil wir unser Schicksal nicht in die Hand nehmen, kann sich auch nichts zum Besseren wenden. So erzeugt die Niedergeschlagenheit auf vertrackte Weise eine Situation, in der eben diese Mutlosigkeit tatsächlich berechtigt erscheint. Wer in einem solchen Kreislauf gefangen ist, kann nicht glücklich sein.

In ihren schweren Formen ist die Depression eine Krankheit, die vom Arzt behandelt werden muss. Und wie gegen Zahnweh, so empfiehlt es sich auch gegen Depressionen möglichst schnell vorzugehen. Denn je länger die Verzweiflung ungehindert wüten darf, desto länger dauert es meist auch, sie wieder loszuwerden; umso mehr Schaden kann sie anrichten; und desto mehr steigt die Wahrscheinlichkeit, später wieder in eine depressive Phase zu schlittern. Wer sich mehr als zwei Wochen lang die meiste Zeit wertlos fühlt, lustlos ist, unter dauernder Müdigkeit oder Schlaflosigkeit leidet und vielleicht sogar mehrfach über den eigenen Tod nachgedacht hat, sollte unbedingt mit seinem Arzt darüber sprechen.

Das ist weder ein Grund zur Scham noch zur Verzweiflung. Jeder Achte hat schon dieselbe Erfahrung gemacht oder wird sie irgendwann in seinem Leben noch machen. Depressionen sind eine Volkskrankheit, kaum weniger verbreitet als hoher Blutdruck und Rheuma. Aber anders als diese Leiden sind Depressionen gut heilbar. Die Chance, wieder das Lachen zu lernen, ist enorm hoch. Nach einer Behandlung geht es praktisch jedem besser, und mehr als 80 Prozent der Menschen gewinnen ihre seelische Ausgeglichenheit sogar vollständig zurück.

In diesem Kapitel soll es jedoch weniger um schwere, behandlungsbedürftige Depressionen gehen als vielmehr um die alltägliche Niedergeschlagenheit. Sie ist nicht nur lästig, sondern auch einer der größten Räuber des Glücks. Psychologen und Hirnforscher haben lange gerätselt, ob der Trübsinn, den jeder kennt, mit den schwereren Depressionen verwandt ist. Im Licht neuer Forschungsergebnisse sieht es ganz danach aus. Letztlich sind sie beide eine Folge der Wandlungsfähigkeit des menschlichen Gehirns: Wir können das Glücklichsein lernen, aber eben auch das Unglücklichsein. Melancholie und Sorgen sind zu einem guten Teil nichts anderes als gelerntes Unglücklichsein. Das gibt uns die Macht, sie auch wieder loszuwerden.

Pillen gegen das Unglück?

Viele Menschen begegnen Psychopharmaka mit größerer Skepsis als anderen Medikamenten. Denn Pillen gegen Depressionen oder andere psychische Krankheiten verändern die Art, wie ein Mensch fühlt, wahrnimmt und reagiert. Deshalb rühren sie an der Identität des Patienten, und das löst Ängste aus: Werde ich noch derselbe sein, wenn ich dieses Mittel schlucke?

Diese Bedenken sind verständlich, und doch trifft eher das Gegenteil zu: Psychische Störungen wie Depressionen können das Wesen des Kranken so sehr verändern, dass er kaum wieder zu erkennen ist. Und seit Jahrzehnten verschreiben die Ärzte gemütskranken Patienten erfolgreich Medikamente, die selbst bei schweren Depressionen mehr als 60 Prozent aller Kranken helfen – und sie wieder «sie selbst» sein lassen. Noch etwas höher liegt die Zahl, wenn die Pillen mit einer geeigneten Psychotherapie kombiniert werden.

Allen Antidepressiva ist gemeinsam, dass sie im Gehirn

den Spiegel der Botenstoffe Serotonin und Noradrenalin heben. Das wohl bekannteste Medikament dieser Art ist Prozac, das Ende der achtziger Jahre auf den Markt kam und als «Glückspille» viel Aufsehen erregte. Es war damals das erste Präparat aus der Klasse der so genannten Serotonin-Wiederaufnahmehemmer. Diese Mittel verhindern, dass der Botenstoff Serotonin schnell wieder von den Hirnzellen aufgenommen und dort gelagert wird. Stattdessen bleibt er länger in Umlauf. Nach seinem Inhaltsstoff Fluoxetin heißt Prozac in Deutschland Fluctin. Mittlerweile wird es allerdings von noch wirksameren Nachfolgern aus dieser Wirkstoffklasse verdrängt, die zudem weniger Nebenwirkungen haben.

Ganz ist die Wirkung der Serotonin-Wiederaufnahmehemmer bislang nicht verstanden. Natürlich liegt der Schluss nahe, dass ein Mangel an Serotonin und Noradrenalin etwas mit der Entstehung von Depressionen zu tun haben muss. Doch dies kann nicht die ganze Wahrheit sein. Senkt man nämlich bei Gesunden die Menge an Serotonin im Gehirn künstlich ab, verfallen sie keineswegs in Schwermut. Und Mittel wie Prozac, in den Medien mitunter als Lifestyle-Droge für jedermann gepriesen, haben auf ausgeglichene Menschen praktisch keine Wirkung – ebenso wenig, wie Aspirin das Wohlbefinden erhöht, wenn man weder Schmerzen noch Fieber hat. Prozac und ähnliche Mittel helfen Gesunden nicht, wie auf Wolken zu gehen, weil sie keine Pillen für das Glück, sondern gegen das Unglück sind.

Wenn im Gehirn viel Serotonin zirkuliert, schüttet es vermutlich weniger Stresshormone aus. So könnten die Antidepressiva den Dauerstress lindern, unter dem Depressive leiden. Seltsamerweise vergehen jedoch fast immer zwei bis vier Wochen, bis die Patienten von besserer Laune berichten, obwohl sich die Menge an Botenstoffen im Kopf schon nach wenigen Stunden verändert. Offenbar wirken Prozac und Co. über einen Umweg, der seine Zeit braucht.

Möglicherweise wecken die Mittel das Gehirn aus seinem Winterschlaf, indem sie auf indirektem Wege in Hirnzellen bestimmte Gene anschalten. Diese Gene lösen ihrerseits die Herstellung von Nervenwachstums-Faktoren aus, dem natürlichen Dünger für das Gehirn. Und sobald die grauen Zellen wieder sprießen, verschwinden auch die Symptome der Niedergeschlagenheit: Das erstarrte Gehirn ist wieder zum Leben erwacht.

Niedergeschlagenheit entsteht aus Resignation

Seit der Antike fragen sich die Gelehrten, woher der chronische Trübsinn rührt. Heute geht man davon aus, dass dauerhaft gedrückte Stimmung aus der Erfahrung entsteht, an einer unangenehmen Situation nichts ändern zu können. «Gelernte Hilflosigkeit» heißt die moderne Theorie der Depression: Niedergeschlagenheit entsteht aus Resignation. Trifft eine solche Enttäuschung mit einer erblichen Neigung zur Schwermut zusammen, kann eine Depression auftreten.

Dies verdeutlicht ein psychologisches Experiment, bei dem Menschen grässlichem Lärm ausgesetzt wurden. Die eine Gruppe von Versuchspersonen konnte ihn auf Knopfdruck abstellen, während die andere den Krach hinnehmen musste. Im zweiten Durchgang kamen nun alle Teilnehmer nacheinander in einen Raum, in dem sich das Geräusch diesmal durch einen Hebel ausschalten ließ. Die Leute, die schon vorher den Radau abstellen konnten, fanden das schnell heraus. Doch die anderen, die zuvor dem Lärm machtlos ausgeliefert waren, fügten sich in ihr Los. Sie versuchten erst gar nicht, den Hebel zu drücken.

Diese Menschen saßen auch hinterher still in der Ecke. Wenn sie zu Spielen aufgefordert wurden, unternahmen sie keinerlei Anstrengung, zu gewinnen. Sie hatten sogar Schwierigkeiten, in aller Ruhe simple Worträtsel zu lösen. Sie fühlten und benahmen sich in jeder Hinsicht hilflos. Kurz: Sie zeigten die Symptome einer leichten Depression.

«Man kann ja doch nichts machen.» Das ist das Credo eines niedergeschlagenen Menschen, und man sieht ihm seine Mutlosigkeit an. Der Gang schleppend, der Blick leblos, die Schultern hängend, als wenn nicht nur die Seele, sondern auch die Muskeln erschlafft wären. Die ganze Person scheint nur noch auf Sparflamme zu leben.

Ist der Lebensmut erst einmal so tief gesunken, wird das Elend leicht zum Selbstgänger. Denn unsere Stimmung beeinflusst, was wir wahrnehmen. Niedergeschlagene Menschen verstanden bei psychologischen Tests Sätze wie «Die Zukunft sieht sehr schwarz aus» besser als erfreuliche Mitteilungen der Art «Die Zukunft sieht sehr günstig aus». Obendrein konnten sie die düsteren Aussagen besser behalten.

Wenn wir einmal begonnen haben, die Welt durch eine dunkle Brille zu sehen, neigt das Gehirn also dazu, die negative Stimmung aufrechtzuerhalten. Es wählt diejenigen Reize aus, die zur Gefühlslage passen. Düstere Gedanken, unangenehme Wahrnehmungen und bittere Erinnerungen dringen dann leichter in unser Bewusstsein. Man sieht überall Elend, und der ganze Organismus reagiert entsprechend darauf.

Welch absurde Volten unser Denken dann manchmal schlägt, hat der jüdische Witz mit seiner Neigung zur Selbstironie auf den Punkt gebracht. Telegrafiert der sparsame Moshe in New York an seinen Freund in Jerusalem: «Mach dir schon einmal Sorgen. Näheres später.»

Schlechte Laune tötet die grauen Zellen

Generell reagieren wir auf die Nachricht von einer Gefahr, sei sie nun real oder nur ausgedacht, viel stärker als auf jede erfreuliche Botschaft. Schließlich sollen wir beim kleinsten Anzeichen einer Bedrohung unsere Haut retten und alle Freuden und Hoffnungen vergessen, bis wir in Sicherheit sind. Im Zustand der Niedergeschlagenheit richtet sich diese Überlebensfunktion jedoch gegen uns. Chronischer Trübsinn ist deswegen so verbreitet, weil sich dieses Programm leicht selbständig macht. Unser Gehirn ist nämlich nicht nur gut darin, eine Gefahr frühzeitig auszumachen. Es kann sie sich auch hervorragend vorstellen. Bis in die kleinsten Details malen wir uns aus, was alles geschehen könnte. Wir befassen uns mit abwegigen Sorgen und Möglichkeiten, die wahrscheinlich nie eintreten. Aber schon der Gedanke daran dämpft die Stimmung. Letztlich ist Niedergeschlagenheit also ein Preis, den der Mensch für seine Phantasie und Intelligenz bezahlt.

Wenn wir uns bedroht fühlen, sind wir wachsamer als sonst. Das hat die Natur so eingerichtet, damit wir in kritischen Lagen auf jedes kleinste Zeichen einer Gefahr reagieren. Angefacht wird diese besondere Erregbarkeit durch Stresshormone wie Cortisol, die dann im Blut kreisen und normalerweise auch wieder verschwinden, sobald kein Grund zur Furcht mehr besteht.

Im Zustand der Depression aber verschwinden sie nicht. Niedergeschlagenheit ist Dauerstress: Jede unachtsame Bemerkung, jede Belanglosigkeit empfinden wir als kleine Katastrophe – und als einen neuen Beweis für die Übel der Welt. Dies bewirkt, dass noch mehr Stresshormone freigesetzt werden, woraufhin wir nur noch empfindlicher werden. Diese Spirale kann sich immer weiter abwärts drehen, bis im Extremfall einer schweren Depression ein Bett in einem abgedunkelten Zimmer der letzte Zufluchtsort bleibt.

Schlimmer noch: Wenn die Niedergeschlagenheit zu lange anhält, wird die Substanz des Gehirns angegriffen und die feste Verdrahtung der Neuronen in Mitleidenschaft gezogen. Inwieweit diese Schäden rückgängig zu machen sind, ist noch offen. Normalerweise lernt das Gehirn und bildet Erinnerungen, indem die Neuronen, Kletterpflanzen gleich, immer neue Fasern treiben, mit denen sie Kontakt zu anderen Hirnzellen aufnehmen. Bei chronisch Depressiven aber scheint das Hirn zu erstarren wie die Vegetation im Winter.

Unsere Tatkraft, die Herausforderungen des Lebens anzugehen, schwindet, ebenso unsere Fähigkeit zu empfinden. Auch der Verstand und die Konzentration lassen nach. Depressive Menschen können selbst einfache Aufgaben wie das Sortieren von Spielkarten deutlich schlechter lösen als Gesunde.

Fähigkeiten, die nicht trainiert werden, verkümmern. Die Schaltungen im Gehirn beginnen sich zurückzubilden, sobald wir sie weniger gebrauchen. Das geschieht auch während einer Depression. Überdies kann der Dauerbeschuss mit Stresshormonen Hirnzellen zerstören. Gleichzeitig werden die Gefühle der Hoffnungslosigkeit immer schlimmer. Wenn dieser Zustand längere Zeit dauert, können die Folgen verheerend sein: Die grauen Zellen schrumpfen. Dadurch lässt die Leistungskraft des Hirns noch mehr nach – und so geht es immer weiter in den Abgrund.

Der Ausweg: Eine neue Perspektive finden

Die drei Glücksräuber Selbsttäuschung, Neid und Depression sind auf unterschiedliche Weise im Gehirn am Werk, und doch haben sie eines gemeinsam: Sie alle hängen mit einer verzerrten Sicht der Realität zusammen. Bei der Selbsttäuschung fallen wir kleinen Tricks unseres Gehirns zum Opfer und merken deshalb häufig gar nicht, wie glücklich wir eigentlich sind. Neid und Statusdenken verleiten uns, nicht das Erfreuliche an unserem eigenen Leben auszukosten, sondern Dingen nachzujagen, von denen wir irrtümlich annehmen, sie würden uns glücklich machen. Und eine Depression ist zwar eine komplexe Erkrankung; vermutlich verbergen sich hinter den Symptomen der Schwermut sogar verschiedene Leiden. Trotzdem hat auch sie viel mit einer übersteigert negativen Wahrnehmung der Umwelt und des Lebens zu tun.

Bei schwerer Depression können oft nur Medikamente das Gehirn wieder aus seiner Reglosigkeit befreien. Den viel häufigeren Niedergeschlagenheiten des Alltags aber kommt man durch eine Doppelstrategie sehr gut bei: Einerseits gilt es, durch sein

Verhalten das Gehirn wieder sanft anzuregen, andererseits die Gedanken und Gefühle so zu steuern, dass sich die bedrückte Stimmung nicht verfestigen kann.

Jede Beschäftigung hilft gegen Trübsal, denn man nimmt die Zügel des Lebens wieder in die Hand. Wenn man etwas tut, ist das Gehirn gefordert und hat weniger Gelegenheit, dunklen Gedanken nachzuhängen. Noch besser für die Stimmung ist es, wenn die Tätigkeit auch zu Erfolgserlebnissen verhilft. Es kommt also in Phasen der Niedergeschlagenheit darauf an, sich Ziele zu setzen, aber Überforderung zu vermeiden. Denn weil das Gehirn nicht so rege sein kann wie sonst, ist die Leistungsfähigkeit vermindert.

Darum empfiehlt es sich, in solchen Zeiten einfachere Aufgaben zu erledigen: Hausarbeit, Aufräumen, Einkaufen oder Post und E-Mails abzuarbeiten wirkt wie ein sanftes Aufwärmtraining für das Gehirn. Es erfordert keine große Anstrengung, erzeugt keinen Stress und führt sicher zum Erfolg. Weil solche Aufgaben oft unerledigt bleiben, lässt sich eine Phase der Unlust mit ihnen sinnvoll füllen. Und wenn man das Ergebnis sieht, macht man die erfreuliche Erfahrung, dass die Trübsal sogar Früchte trägt.

Das Überlebensrezept des Robinson Crusoe

Das Gehirn wieder anzuregen ist die eine Maßnahme gegen den Trübsinn, sich gegen negative Gedanken und Gefühle zu wappnen die andere. Wie das geht, macht ein Held der englischen Literatur vor: Robinson Crusoe. Auch ihn plagen Depressionen, weil er hilflos auf seiner Insel vegetiert, ohne Gefährten, ohne Hoffnung auf Rettung. Aber keine Lage kann so aussichtslos sein, dass man daran verzweifeln müsste, sagt sich Robinson. Also nimmt er einen Stift, den er aus dem gestrandeten Schiff geborgen hat, und stellt sein Soll und sein Haben gegenüber:

Übel	Gut
Ich bin auf eine einsame Insel verschlagen worden, ohne Hoffnung, je wieder fortzukommen	Aber ich bin doch am Leben und nicht ertrunken wie alle Kameraden
Ich bin ausgesondert, unter allen Menschen zu lauter Unglück ausgewählt	Aber ich wurde unter der ganzen Schiffsbesatzung ausgesondert, um dem Tod zu entgehen (…)
Ich habe auch keine Kleider, mich zu bedecken	Aber ich bin in einem heißen Landstrich, wo ich kaum Kleider tragen könnte, auch wenn ich welche hätte

Dann zieht er das Fazit: «Von nun an begann ich zu folgern, dass es mir möglich ist, mich in meiner verlassenen Lage glücklicher zu fühlen, als es vermutlich in irgendeinem anderen Zustand der Erde je der Fall gewesen wäre.» Dieses Glück rettet ihm das Leben. Gäbe er sich nämlich seiner verständlichen Mutlosigkeit hin, würde er in der Einsamkeit sehr schnell sterben. Er hätte keine Chance, seinen späteren Gefährten Freitag zu treffen und schließlich von einem englischen Schiff gerettet zu werden.

Betrügt Robinson sich selbst, indem er sich seine Lage schönredet? Nein, denn beide Seiten sind gleichermaßen wahr. Die Frage ist nur, auf welche Seite man sich stellt. Meistens ist es nützlicher, die Dinge optimistisch zu sehen. Sich für das halb volle statt für das halb leere Glas zu entscheiden ist eines der wirkungsvollsten Mittel gegen Niedergeschlagenheit überhaupt.

All dies klingt so erschreckend einfach – zu schön fast, um wahr zu sein. Doch umfassende Studien bestätigten die Wirksamkeit von Robinsons Methode, die in der Fachwelt natürlich nicht unter seinem Namen, sondern als «kognitive Verhaltenstherapie» bekannt ist. 60 Prozent aller Versuchspersonen, die unter schweren Depressionen litten, wurden durch die kognitive Verhaltenstherapie geheilt. Damit lag die Erfolgsrate ebenso hoch wie bei Patienten, die Medikamente einnahmen.

In einer kognitiven Verhaltenstherapie gibt ein Psychologe Hilfestellung dabei, das Umdenken zu lernen. Das ist nützlich, wenn die negativen Denkmuster schon sehr eingefahren sind. Für den Alltagsgebrauch ist professionelle Unterstützung jedoch meist nicht nötig. Die Robinson-Methode ist so einfach und dabei so wirkungsvoll, dass sie sich jeder selbst aneignen kann.

Absurde Ängste und Gedanken erkennen

Wie führt man die Perspektivänderung herbei? Wenn wir unter Niedergeschlagenheit leiden, zieht ein ganzer Strom von negativen Gedanken an uns vorbei. Wir sehen all unsere Vorhaben scheitern und sind überzeugt, dass sie scheitern müssen, weil wir schließlich unfähig sind. Und jeder Anlass ist gut genug, um die schlimmsten Befürchtungen zu bestätigen.

So entspinnen sich innere Monologe wie dieser: Eine Kollegin ist ohne aufzublicken an uns vorübergegangen. Grußlos. Vermutlich will sie sich rächen. Aber sie hat keinen Grund. Vermutlich kann sie uns einfach nicht ausstehen, ihr Verhalten beweist es. Und hat sie nicht irgendwie Recht? Eigentlich ist man ja auch kein liebenswerter Mensch. Wie unangenehm belegt die eigene Stimme schon klingt. Wäre es also besser, heute nicht in die Kantine zu gehen, um die anderen nicht mit seiner Anwesenheit zu belästigen?

Oft haben wir uns an solche Gedankenketten schon so gewöhnt, dass sie reflexhaft und blitzartig durch unseren Kopf huschen. Also gilt es erst einmal, sie zu bemerken. Es gibt verschiedene Strategien dafür. Besonders wirkungsvoll ist ein Verfahren, das auch Robinson wählte: Wenn man all seine Befürchtungen, seine Selbstvorwürfe und den Hader mit dem eigenen Schicksal aufschreibt, erschrickt man, wie überwältigend das alles ist. Aber schon das Niederschreiben der Qualen, die wir uns selbst bereiten, trägt dazu bei, sie loszuwerden.

Zugleich werden so all die Ideen von der düsteren Zukunft und der eigenen Wertlosigkeit fassbar. Was auf dem Papier steht, ist viel konkreter und damit auch leichter zu prüfen als die Vorstellungen, die wir nur im Kopf herumwälzen. Der Trick besteht darin, die düsteren Phantasien ab jetzt im selben Augenblick, in dem man sie bemerkt, fallen zu lassen. Dazu gibt es zwei Möglichkeiten. Die bessere von beiden ist, seine Aufmerksamkeit sofort einem anderen Gegenstand zuzuwenden und sich mit den Dunkelgedanken keinen Moment länger zu befassen. Das kann aber sehr schwierig sein, weil sich manche Befürchtungen immer wieder mit Macht ins Bewusstsein drängen. In diesem Fall hilft es, wie Robinson Crusoe zu notieren, was gegen die finsteren Annahmen spricht. Vielleicht hatte die unfreundliche Kollegin einfach ihren Kopf gerade ganz woanders und war nur unachtsam.

Natürlich müssen wir nicht auf Dauer mit Stift und Block unseren depressiven Vorstellungen auflauern. Das Aufschreiben ist nur eine Anfangshilfe, wie es die Stützräder sind, wenn Kinder Fahrrad fahren lernen. Schnell wird die Kontrolle der dunklen Gedanken und Empfindungen zur Gewohnheit.

Die eigenen Gefühle wahrnehmen

Auf ganz ähnliche Weise können wir auch den Glücksräubern Selbsttäuschung und Neid beikommen. Sie verdunkeln das Gemüt zwar weniger als der chronische Trübsinn, können uns jedoch um zahllose Momente der Freude bringen. Wir alle machen uns Illusionen über das, was uns gut tut. Dabei ist es einfach, solchen Irrtümern zu entgehen und seine persönlichen Glücks- und Unglücksbringer kennen zu lernen.

Das eigene Leben von der Warte anderer zu sehen ist meist wenig hilfreich. In der Art, wie sie Angst und Freude, Trauer und Zorn erleben, sind alle Menschen ähnlich, doch darin, was diese Gefühle auslöst, unterscheiden sie sich. Darum kann weder Glück noch Zufriedenheit finden, wer sich die Mitmenschen zu sehr zum Leitbild macht. Die Aufforderung, sein eigenes Leben zu leben, mag trivial klingen, und doch läuft sie unserer Erfahrung völlig zuwider. Von den ersten Tagen nach der Geburt an versuchen Eltern, ihren Töchtern und Söhnen die eigenen Wertvorstellungen einzuprägen. In der Schule sollen alle Kinder nach einer einheitlichen Methode lernen, obwohl längst bekannt ist, wie unterschiedlich Begabungen ausfallen.

Viel Unglück lässt sich vermeiden, wenn man weiß, worauf man wie reagiert. Wie lernt man diese Antworten des Gehirns kennen? Über seine Erfahrungen nachzudenken nützt wenig, weil das Gedächtnis die Erinnerungen manipuliert. Der Weg ist daher, der Wahrnehmung im Augenblick selbst mehr Beachtung zu schenken, als wir es gewohnt sind.

Wenn wir Emotionen bemerken, sobald sie entstehen, sind sie durch Vergleiche, Gedanken und das Gedächtnis noch nicht verzerrt. In diesem Moment können uns Gefühle als Signale für Vorlieben und Abneigungen dienen, so, wie die Natur sie eingerichtet hat. Ein Augenblick genügt, um sich eine Emotion bewusst zu machen; sich ausführlicher damit zu beschäftigen ist nicht nötig und schadet bei negativen Empfindungen sogar. Wenn wir Zorn über einen unverschämten Autofahrer in uns aufsteigen spüren, nützt es, sich darüber klar zu werden, dass wir uns respektlos behandelt fühlen. Wer eine solche Einsicht gewonnen hat, muss sich nicht in einen Wutanfall hineinsteigern. Es fällt ihm leichter, einen kühlen Kopf zu bewahren und sich anderen Dingen zuzuwenden.

Gute Gefühle dagegen sollte man auskosten. Während wir fatalerweise gern bereit sind, Ärger und Traurigkeit auszuleben, vernachlässigen wir oft die angenehmen Empfindungen – zum Beispiel die, einem vertrauten Menschen gegenüberzusitzen. Läuft alles wie gewünscht, sind wir mit unseren Gedanken schnell woanders. Irgendwelche Pläne oder Sorgen fesseln unsere Aufmerksamkeit. Dadurch verlieren wir viel. Wenn wir glücklich sind und es doch nur vage spüren, haben wir uns nicht nur um einen Moment der Lebensfreude gebracht. Gleichzeitig ist uns ein Stück Selbsterkenntnis entgangen: das Wissen um eine Situation, die uns gut tut.

Tagebücher des Glücks

Es genügt nicht, glücklich zu sein, man muss sein Glück bemerken. Das ist auch das Credo des italienischen Psychiaters Giovanni Fava. Er hat eine «Wohlbefindenstherapie» ausgeklügelt, die allen Menschen nützt, die mehr gute Gefühle entwickeln und sie besser auskosten wollen. Sie ähnelt der Robinson-Methode, zielt jedoch mehr auf das bewusste Erleben glücklicher Momente ab als auf den Umgang mit düsteren Gefühlen und Gedanken. Beide Ansätze ergänzen sich also.

Bei seiner Arbeit mit Depressiven, die auf dem Wege der Besserung waren, bemerkte Fava, dass seine Patienten oft viel weniger unglücklich waren, als sie glaubten. Um gegenzusteuern, erfand der Arzt ein einfaches Verfahren: Die Patienten sollten Tagebücher des Glücks anlegen. Wer Buch führt über seine guten Momente, richtet seine Aufmerksamkeit wie einen Scheinwerfer auf alles, was für ihn angenehm ist. Und weil die Augenblicke der Freude schwarz auf weiß festgehalten sind, hat das Gehirn keine Chance, sie später wegzudiskutieren.

Seine Schützlinge, viele noch in sehr trauriger Stimmung, sperren sich oft gegen diesen Versuch, berichtet Fava. Sie fürchten, ihrem Arzt leere Bücher vorzeigen zu müssen. Der Psychiater fordert sie auf, es trotzdem zu wagen. Und fast immer kommen die Genesenden mit vollen Seiten zurück. Denn selbst im Zustand größter Niedergeschlagenheit und Unzufriedenheit gibt es gute Momente.

Wenn Favas Patienten einen sonnigen Augenblick aufgespürt haben, sollen sie die Situation und ihre Gefühle so genau wie möglich in ihrem kleinen Notizbuch beschreiben. Dann vergeben sie eine Punktzahl zwischen 0 und 100 Prozent Wohlbefinden. So entdecken sie, dass sich ihr Leben viel erfreulicher anlässt als gedacht. Zugleich lernen sie, was ihnen gut tut.

In einer zweiten Runde gilt es festzustellen, wo sich Fehlurteile eingeschlichen haben, die das empfundene Glück in Abrede stellen. Ein Patient zum Beispiel berichtete von einem schönen Moment, als seine Neffen ihn bei einem Besuch freudig empfangen hatten. Doch auf das warme Gefühl folgte sofort der Gedanke: «Sie freuen sich nur, weil ich ihnen ein Geschenk mitgebracht habe.» Wer solche Hinterhältigkeiten des Hirns bewusst wahrnimmt, kann ihnen leichter Einhalt gebieten. Nach zehn Wochen hatten die Menschen, die Favas Methode ausprobierten, sich aus ihrer tiefen Niedergeschlagenheit befreit. Sie waren weniger ängstlich und mit ihrem Leben zufriedener als zuvor.

Vor allem aber hatten sie eingesehen, dass es nicht die eine große Veränderung ist, die alles im Leben zum Besseren wendet. Zufriedenheit setzt sich wie ein Mosaik aus vielen glücklichen Momenten zusammen. Und sich dieser Augenblicke des Glücks bewusst zu werden ist ein sicheres Mittel, das Unglück hinter sich zu lassen.

Was ihm gute Gefühle verschafft, muss jeder für sich selbst herausfinden. Schließlich ist das Leben kein Hundertmeterlauf, bei dem alle vom selben Startpunkt losrennen und dieselbe Zielgerade durchlaufen.

Kapitel 6: Die Rolle der Umgebung

Bislang haben wir ausschließlich betrachtet, wie der Einzelne mehr Glück erleben kann, indem er sein Leben und seine inneren Einstellungen verändert. Und es ist richtig, dass die Verantwortung für das eigene Glück letztlich bei jedem selbst liegt. Trotzdem gilt auch: Andere Menschen und die Gesellschaft als Ganzes können es dem Individuum schwerer oder leichter machen, sein Glück zu finden. Im letzten Kapitel soll es deshalb darum gehen, welche gesellschaftlichen Rahmenbedingungen das Glück der Menschen fördern – und wie wir unsere Umgebung so gestalten können, dass wir besser in ihr leben.

Heute liegt die Zahl der Zufriedenen in Deutschland nicht höher als vor fünfzig Jahren, obwohl die Einkommen seither enorm gestiegen sind. Zwar bietet uns das Leben verglichen mit damals viel mehr; was früher Luxus war, kann sich heute fast jeder leisten. Lachs und Champagner liegen bei Aldi, um den Preis eines Anzugs fliegt man bis nach Amerika. Das angenehme Leben ist für die meisten von uns zum Normalfall geworden. Nur für unser Wohlbefinden hat dies offenbar wenig gebracht. Sieht man es als Aufgabe einer Regierung an, das Lebensglück ihrer Bürger zu steigern, so sind die Politiker der vergangenen Jahrzehnte allesamt gescheitert.

Das Geheimnis von Roseto

Doch wenn nicht Wirtschaftswachstum und höherer Lebensstandard, welche gesellschaftlichen Einflüsse sind dann für unser Glück entscheidend? Die Geschichte einer Kleinstadt im Osten des amerikanischen Bundesstaates Pennsylvania gibt auf diese Frage ein paar überraschende Antworten.

Einst schienen die Bürger von Roseto einen Pakt mit den höheren Mächten geschlossen zu haben. In der ersten Hälfte des 20. Jahrhunderts jedenfalls waren sie gegen Herz-Kreislauf-Erkrankungen, die häufigste Todesursache in entwickelten Ländern, so gut wie immun. Vor dem Rentenalter starb niemand an diesen Leiden, und für Männer jenseits der 65 war die Sterblichkeitsrate gerade halb so hoch wie im amerikanischen Durchschnitt. Obwohl alle Bewohner der Stadt italienischer Abstammung waren, konnten sie ihre Gesundheit kaum der viel gerühmten Mittelmeerdiät verdanken. In Roseto lebte man sogar ausgesprochen ungesund. Man rauchte, arbeitete hart, und weil Olivenöl in Amerika damals nicht zu bekommen war, kochten die Frauen das traditionell fette süditalienische Essen mit ausgelassenem Schinken. Auch genetische Besonderheiten konnten die robuste Verfassung der Bürger von Roseto nicht erklären.

Der Ort bestand aus Abkömmlingen einer Hand voll Clans, die allesamt zur selben Zeit aus Apulien eingewandert und auch in der Neuen Welt nicht auseinander zu bringen waren. So erhielten sich in Pennsylvania alle Rituale einer italienischen Kleinstadt. Man traf sich zum täglichen Abendspaziergang oder zum Spielen in einem der vielen Klubs, feierte Prozessionen und große Kirchenfeste. Weil Neid die Gemeinde gespalten hätte, war es in Roseto verpönt, Reichtum zu zeigen. Obwohl viele Familien es durchaus zu Wohlstand gebracht hatten, war es unmöglich, an Kleidung, Auto oder Haus zu erkennen, ob jemand arm war oder reich.

Doch in dem Maß, in dem es den Bürgern materiell besser ging, zerbrach die Gemeinschaft. Nach 1970 verließen viele Jugendliche den Ort zum Studium und kamen mit anderen Vorstellungen zurück, als ihre Eltern sie gepflegt hatten. Manche fuhren in Cadillacs vor. Große Häuser wurden gebaut, Swimmingpools ausgehoben, die Gärten umzäunt. Man zog sich in seine vier Wände zurück und genoss seinen Wohlstand. Und je mehr Roseto einer ganz normalen amerikanischen Kleinstadt ähnelte, desto mehr glichen sich auch die Krankheitsraten und die Sterblichkeit dem Landesdurchschnitt an.

Körper sind Sensoren des Glücks

Was war geschehen? Ihr Zusammenhalt hatte die Bürger von Roseto vor viel Stress bewahrt: Niemand musste sich anstrengen, seine Nachbarn zu überflügeln. Und keiner, der ärmer und weniger erfolgreich war, hatte um sein Ansehen zu fürchten. Unglücklich macht es schließlich nicht, wenig zu besitzen, sondern weniger zu haben als andere. Denn daraus kann ein Gefühl der eigenen Wertlosigkeit erwachsen.

Zudem konnte sich jeder Einwohner von Roseto auf seine Familie und Nachbarn bedingungslos verlassen. Die Unterstützung der Gemeinschaft war so stark, dass Schicksalsschläge und auch das Altern ihre Schrecken verloren. Jeder lebte in der beruhigenden Gewissheit, dass ihm die Wirrnisse des Lebens nicht allzu viel anhaben konnten. Die Bürger von Roseto kannten keine Hilflosigkeit.

Diese innere Ausgeglichenheit schlug sich in der sensationell guten körperlichen Verfassung der Menschen nieder. Denn so wie Gesundheit zu guten Gefühlen beiträgt, fördert umgekehrt die Abwesenheit von Ärger und Stress die Gesundheit. Dauernder Stress schwächt das Immunsystem und fördert die Entstehung von Herz-Kreislauf-Krankheiten. So ist der Körper ein Sensor des Glücks. Weil sie in einer solidarischen Gemeinschaft ohne große soziale Unterschiede lebten, waren die Menschen in Roseto glücklicher – und gesünder.

Ohne Gerechtigkeit kein Bürgersinn

Doch sich gegenseitig den Rücken stärken können die Mitglieder einer Gesellschaft nur, wenn ihr Leben ähnlich aussieht und sie gemeinsame Interessen haben. Werden die Gegensätze zu groß, löst sich das soziale Netz auf, und ein Tauziehen beginnt. Arm und Reich leben in unterschiedlichen Welten, und jeder versucht die andere Gruppe zu meiden. Zwischen Geld und Glück besteht also eine paradoxe Beziehung: Obwohl jenseits einer gewissen Schwelle Wohlstand die Zufriedenheit kaum steigert, ist es wichtig, wie sich der Reichtum in einer Gesellschaft verteilt.

Deshalb dürfte es kein Zufall sein, dass im internationalen Vergleich die Länder mit den zufriedensten Bürgern zugleich diejenigen mit den kleinsten Einkommensunterschieden sind. Am glücklichsten nennen sich bei Befragungen zur Lebenszufriedenheit gewöhnlich Schweizer, Niederländer und Skandinavier. In diesen Staaten fallen die Abstände zwischen Arm und Reich deutlich geringer aus als in Deutschland oder etwa Italien. Die Deutschen liegen denn auch nur im Mittelfeld der Industrienationen, etwa gleichauf mit Österreich, vor Spanien, hinter Italien.

Engagement hebt die Stimmung

Die Forschungsergebnisse über die wohltuende Wirkung der Solidarität stehen im Widerspruch zur derzeit beliebten Ideologie der «Ich-AG». Jeder Mensch soll sein Leben so führen, als wäre er eine Firma, die sich auf dem Markt durchsetzen muss. Ratgeberbücher legen ihren Lesern die Techniken und die Rhetorik von Unternehmensberatern ans Herz. Eines dieser Werke empfiehlt, durch «Branding» solle jeder sein Ich zur unverwechselbaren Marke machen. Nötig sei weiterhin «Re-Engineering», was Arbeiten am Ich bedeuten soll, wobei man sich durch «Benchmarking» ständig die Besten und Erfolgreichsten zum Maßstab setzen solle. Die Ich-AG ist also das genaue Gegenmodell zu Roseto. Solche Strategien dürften keine große Zukunft haben. Denn sie bedeuten eine geradezu unmenschlich hohe Belastung für jeden, der nach ihnen zu leben versucht.

Der Rückzug ins Privatleben bedeutet für die meisten Menschen einen selbst gewählten Verzicht auf Glück: Sie genießen weniger soziale Unterstützung, und ihre Hausgemeinschaft, ihr Viertel, ihre Stadt sind weniger wohnlich, als sie sein könnten. Vor allem aber bringen sie sich durch ihren Mangel an Bürgersinn ganz unmittelbar um gute Gefühle.

Als Sozialpsychologen ehrenamtlich Engagierte nach ihren Motiven befragten, nannten diese an erster Stelle die Freude an ihrer freiwilligen Tätigkeit. Besonders wichtig war ihnen, bei ihren Aktivitäten Gleichgesinnte kennen zu lernen, die Ergebnisse ihrer Arbeit zu sehen und Lebenserfahrung zu sammeln. Ob in einer Theatergruppe oder einem Naturschutzverband – sich zu engagieren ist also nicht bloß aus gesellschaftlichen Gründen sinnvoll, sondern auch aus reinem Eigennutz.

Vom Segen der Selbstbestimmung

Ein weiterer Schlüssel zum Glück in der Gesellschaft ist es, sein Leben selbst in der Hand zu haben. «Sich fügen zu müssen kann eine verheerende Erfahrung sein», sagt der New Yorker Stressforscher Bruce McEwen. Keine Kontrolle über sein Leben zu haben bedeutet stets Stress, der das Wohlbefinden trübt und der Gesundheit schadet.

Wir erleben diesen Stress der Hilflosigkeit schon in vergleichsweise belanglosen Situationen: zum Beispiel am Flughafen, wenn das Bodenpersonal über Stunden hinweg immer wieder bekannt gibt, dass sich der Start der Maschine aus technischen Gründen leider noch etwas verzögere. Zwar wissen wir im Prinzip, dass unser Lebensglück nicht daran hängt, ob wir unseren Zielort etwas früher oder später erreichen – und dass es sinnlos ist, sich aufzuregen, weil wir den Zeitpunkt des Abflugs ja doch nicht beeinflussen können. Doch genau diese Ohnmacht ist das Problem.

Schon ein scheinbar unbedeutendes Stück Selbstbestimmung mehr kann Menschen glücklicher machen. Das stellten Mediziner in amerikanischen Altersheimen fest, als sie die Senioren dazu ermutigten, über Kleinigkeiten ihres Alltags selbst zu entscheiden. So bekamen die Rentner ihr Essen nicht mehr einfach vorgesetzt, sondern durften ein Menü wählen. Und während die Pfleger bislang das Blumengießen erledigt hatten, sollten die Heimbewohner jetzt selbst die Verantwortung für die Pflege ihrer Zimmerpflanzen tragen. Diese geradezu lächerlich kleinen Veränderungen wirkten Wunder: Die Senioren übernahmen auch in ihrem sonstigen Leben wieder mehr Verantwortung, verabredeten sich häufiger, wurden seltener krank und erklärten sich in Interviews glücklicher mit ihrem Leben. Vor allem sank die jährliche Todesrate auf die Hälfte.

Das magische Dreieck des Wohlbefindens

Bürgersinn, sozialer Ausgleich und Kontrolle über das eigene Leben sind das magische Dreieck des Wohlbefindens in einer Gesellschaft. Je besser diese drei Kriterien erfüllt sind, desto zufriedener zeigen sich die Menschen mit ihrem Leben. Es ist unterschiedlich leicht, an den drei Eckpunkten des magischen Dreiecks etwas zu bewegen. Auf den sozialen Ausgleich hat der Einzelne wenig unmittelbaren Einfluss. Eher können Bürger den Hebel bei der Kontrolle über ihr eigenes Leben ansetzen. Manchmal bedarf es dazu Reformen in der Organisation des Staates oder von Betrieben, die Jahre bis Jahrzehnte dauern können. Oft aber lassen sich durch einfache Maßnahmen Freiheitsgrade gewinnen – etwa, wenn Kindertagesstätten ihre Öffnungszeiten und Schulen ihre Stundenpläne flexibel gestalten, sodass Eltern in ihrem Beruf weniger eingeschränkt sind.

Bürgersinn ist der Weg, auf dem jeder solche Veränderungen in Gang setzen kann. Bürgersinn bedeutet Engagement, und schon dieser Einsatz für die eigenen Belange gibt dem Einzelnen ein Gefühl der Selbstbestimmung. Wer im Elternbeirat über den Unterricht der Kinder mitbestimmt, auf die Gestaltung seines Arbeitsplatzes Einfluss nimmt und bei Unzufriedenheit mit dem Tabellenstand den Vorsitzenden seines Fußballklubs abwählt, spürt einen Hauch von Macht, der ihm gut tut. So fördert Bürgersinn das Wohlbefinden dessen, der sich engagiert, gleich zweifach: durch die Ergebnisse seines Tuns und durch die Lust, die in der Tätigkeit liegt.

Nichtstun und das Gefühl der Hilflosigkeit sind die größten Feinde des Glücks. Tätigkeit hingegen ist der Schlüssel zu den guten Gefühlen. Das gilt für das private Glück jedes einzelnen Menschen und erst recht für sein Glück in der Gesellschaft. Ein glückliches Leben ist keine Gabe des Schicksals: Wir müssen etwas dafür tun.

Kapitel 7: Sechs Irrtümer über das Glück

In unserer heutigen Gesellschaft hat die Suche nach dem Glück eine fast religiöse Bedeutung. Sieben von zehn Deutschen stimmen der These zu, der Sinn des Lebens liege darin, glücklich zu sein und möglichst viel Freude zu haben. Vor dreißig Jahren sah das erst jeder Zweite so. Aber nur drei von zehn Deutschen nennen sich glücklich, und nur etwas mehr als die Hälfte ist mit ihrem Leben «im Allgemeinen zufrieden».

Die meisten von uns sehnen sich also nach mehr sonnigen Momenten in ihrem Alltag, doch das Glück scheint sich ihnen hartnäckig zu entziehen. Bertolt Brecht hat das Dilemma bereits in seiner Dreigroschenoper sarkastisch beschrieben:

«Ja renn nur nach dem Glück
Doch renne nicht zu sehr!
Denn alle rennen nach dem Glück
Das Glück rennt hinterher.»

Dass dieses vermeintliche Phantom so schwer zu fassen ist, hat viel mit unseren Vorurteilen zu tun. In unseren Köpfen haben sich eine Reihe von Mythen und Irrtümern über das Glück festgesetzt, die uns den Blick verstellen. Manche von ihnen lähmen uns, indem sie uns in einer melancholischen Weltsicht gefangen halten und verhindern, dass wir uns ernsthaft um ein glücklicheres Leben bemühen. Andere lassen uns das Glück da suchen, wo es nicht zu finden ist, wo schlimmstenfalls sogar negative Gefühle lauern.

Die meisten dieser Denkfehler sind kulturell bedingt; wir haben sie unser Leben lang verinnerlicht. In manchen Fällen führt uns jedoch unser eigenes Gehirn in die Irre, indem es uns über unsere wahren Bedürfnisse täuscht. Es lohnt sich, unser Denken auf solchen Selbstbetrug zu überprüfen.

Deshalb ruft dieses Kapitel zum Schluss noch einmal die wichtigsten Irrtümer über das Glück in Erinnerung – und widerlegt sie. Es soll Ihnen helfen zu erkennen, wenn sich althergebrachte Klischees in Ihr Denken eingeschlichen haben. Vielleicht bietet es Ihnen auch gelegentlich eine Argumentationshilfe, wenn Freunde oder Bekannte versuchen, Sie mit angeblich unfehlbaren Lebensweisheiten irrezumachen.

Erster Irrtum:
Der Mensch ist nicht für das Glück gemacht.
«Alles in der Welt lässt sich ertragen, nur nicht eine Reihe von schönen Tagen», nörgelte bereits Goethe. Hinter diesem Sprichwort steckt die Überzeugung, der Mensch sei einfach nicht dafür gemacht, auf Dauer glücklich zu sein. Allenfalls für wenige Augenblicke reiße der düstere Himmel des Daseins auf, um ein paar Sonnenstrahlen des Glücks durchzulassen. Ansonsten aber schleppe sich der Mensch von Unzufriedenheit und Mühsal geplagt dahin – und wolle das in Wahrheit auch gar nicht anders.

Das scheint eine in Deutschland besonders ausgeprägte Lebenseinstellung zu sein, schließlich hat bei uns das Glück keine allzu große Tradition. Wir misstrauen ihm. Immerhin haben die Deutschen den merkwürdigen Begriff «Weltschmerz» erfunden, der sich in andere Sprachen kaum übersetzen lässt. Das Wort «Glück» hingegen fand erst sehr spät Eingang in unsere Sprache.

Unsere tief sitzende Skepsis dem Glück gegenüber bedienen neuerdings Psycho-Gurus, die ihre Marktlücke jenseits der üblichen Erfolgs- und Motivationsseminare gefunden haben: Man solle erst gar nicht versuchen, glücklich zu sein, predigen sie, sonst seien Frustration und Stress programmiert. Der Versuch, sein Glück zu finden, führe ins Unglück.

Die Anhänger einer solchen Lebensphilosophie der Resignation verkennen jedoch, wie stark dem Menschen die Fähigkeit eingeprägt ist, gute Gefühle zu empfinden. Wie im ersten Teil des Buches erläutert, sind Emotionen lebensnotwendig: Ohne dass wir lange nachgrübeln müssen, signalisieren sie uns, was gut für uns ist und was wir besser unterlassen sollten. Da negative Gefühle wie Angst uns vor möglicherweise lebensbedrohlichen

Situationen warnen, drängen sie sich naturgemäß stärker in den Vordergrund als freudige Empfindungen.

Das ändert nichts daran, dass in unseren Köpfen eigene Schaltungen für Freude, Lust und Euphorie eingerichtet sind. Wir haben ein Glückssystem. So, wie wir mit der Fähigkeit zu sprechen auf die Welt kommen, sind wir auch für gute Gefühle programmiert. Doch unser Glückssystem erzeugt sie nicht nur, es besitzt auch Schaltkreise, die uns helfen, Ärger und Angst entgegenzuwirken.

Jeder Mensch verfügt also über die notwendigen Anlagen, glücklich zu sein. Bei manchen mögen sie weniger ausgeprägt sein als bei anderen, doch wie unser Gedächtnis oder handwerkliches Geschick können wir auch unsere Glücksfähigkeit trainieren.

Erleichtert wird das dadurch, dass unser Glückssystem außerordentlich flexibel ist: Es belohnt uns mit guten Gefühlen nicht nur dann, wenn wir ein nahrhaftes Menü verspeisen oder unsere Gene weitergeben, sondern auch, wenn wir unserer Lieblingsmusik lauschen oder ein Bergpanorama bewundern – für Genüsse also, die aus Sicht der Evolution nicht unbedingt zum Überleben oder zur Arterhaltung nötig sind.

Das heißt aber auch: Glücklich können wir in ganz verschiedenen Situationen sein, und jedes Mal fühlt sich das Glück ein wenig anders an. Goethes «Reihe von schönen Tagen» stimmt uns nur dann unfroh, wenn jeder Tag dem anderen gleicht. Richtig ist, dass Glück von Kontrasten lebt. Abwechslung muss aber nicht Ärger und Missstimmung bedeuten, sondern kann ebenso aus anderen Facetten des Wohlbefindens bestehen.

Unser Leben nach dieser Einsicht zu gestalten kostet ein gewisses Maß an Mühe, Aufmerksamkeit und Engagement. Wer sich bloß zurücklehnt und auf die schönen Momente des Daseins wartet, für den trifft Goethes Spruchweisheit mit Sicherheit zu. Immerhin bietet ihm dann die philosophisch verbrämte Behauptung, der Mensch sei nicht für das Glück geschaffen, eine perfekte Ausrede für seine Bequemlichkeit.

Zweiter Irrtum:
Glücklich sein kann nur, wem es gut geht.

In welcher Situation würden Sie sich besser fühlen – wenn Sie beim Lotto den Jackpot geknackt hätten oder wenn Sie, was hoffentlich niemals geschieht, nach einem Unfall an den Rollstuhl gefesselt wären?

Vermutlich ziehen Sie das Millionärsleben vor; fast jeder entscheidet sich so. Manche Befragte haben sogar erklärt, nach einem Unfall wären sie lieber tot als querschnittsgelähmt. Doch als amerikanische Forscher tatsächliche Lottogewinner und Unfallopfer nach ihrer Lebenszufriedenheit befragten, stellten sie fest, dass diese dramatischen Veränderungen auf das Wohlbefinden wenig Einfluss haben. Ein Millionengewinn hebt die Zufriedenheit nicht auf Dauer, und eine Querschnittslähmung verringert sie viel weniger, als man erwarten würde. Die meisten Rollstuhlfahrer gewinnen nach einer Zeit der Niedergeschlagenheit ihren alten Lebensmut fast vollständig zurück, sie sind im Durchschnitt fast genauso zufrieden wie Gesunde.

Ihr Beispiel zeigt, dass Menschen zu guten Gefühlen selbst unter Lebensumständen fähig sind, die anderen deprimierend erscheinen. Das können wir uns nur schwer vorstellen. Doch die Betroffenen haben es nach einer Phase der Umgewöhnung gelernt, sich neue Quellen für ihr Glück zu erschließen. Wer vorher glaubte, auf Tennisturniere nicht verzichten zu können, entdeckt nun Gefallen an Skatwettkämpfen – oder findet in tief gehenden Gesprächen eine Befriedigung, die ihm vorher undenkbar erschien.

Leser, die eine bedrohliche Krankheit durchgemacht haben oder noch immer daran leiden, berichteten mir, dass sie nun intensiver Glück empfänden als jemals zuvor – allen Schmerzen und Ängsten zum Trotz. Gerade diese quälenden Empfindungen hätten ihnen vor Augen geführt, wie wertvoll jeder einzelne Tag ihres Lebens sei, und sie gelehrt, die kleinen Freuden des Daseins umso mehr zu genießen.

Glück ist eben nicht das Gegenteil von Unglück. Denn wie wir gesehen haben, erzeugt unser Gehirn positive und negative Gefühle auf unterschiedlichen Wegen; jeweils eigene Schaltkreise sind daran beteiligt. Deshalb können wir Freude und Ärger, Glück und Unglück zugleich empfinden – und prinzipiell selbst in bedrückenden Situationen glücklich sein. Die äußeren Umstände haben viel weniger Bedeutung für unser Glücksempfinden als die Art und Weise, wie unser Gehirn die Reize von außen verarbeitet.

Das heißt nicht, dass wir missliche Lebenslagen hinnehmen sollen, wenn wir sie ändern können. Es ist richtig, sich nach einem anderen Job umzusehen, wenn die Kollegen uns mobben. Ebenso sollten wir uns eine neue Wohnung suchen, wenn die alte so modrig ist, dass Schimmelpilze unsere Atemwege ruinieren. Trotzdem muss uns bewusst sein, dass die Veränderung an sich kein glücklicheres Leben garantiert. Ohne fiese Kollegen oder Schimmel an den Wänden fällt es uns nur leichter, unsere guten Gefühle wahrzunehmen, weil sich weniger Ärger und Niedergeschlagenheit in unser Bewusstsein drängen.

Andererseits gibt es, wie im Beispiel der Rollstuhlfahrer, Miseren, gegen die wir nicht viel unternehmen können. Dann hilft es nur, die Krankheit, die Behinderung oder die finanziellen Engpässe zu akzeptieren. Statt über das nachzugrübeln, was sich ohnehin nicht ändern lässt, sollten und können wir den guten Gefühlen mehr Raum geben.

Keine Frage: Wen Sorgen oder gar chronische Schmerzen plagen, dem fällt es ungeheuer schwer, sich von den quälenden Empfindungen abzuwenden und auf Wohlgefühle zu konzentrieren. Das erfordert Disziplin und Übung. Hilfreich sind außerdem Mitmenschen, die den Geplagten auf taktvolle Weise ablenken. Übermäßige Anteilnahme kann kontraproduktiv sein, weil sie den Betroffenen dazu verleitet, sich eingehend mit seinem Leid zu befassen.

Doch die Anstrengung lohnt sich. Gerade wer sich unter tristen Lebensbedingungen behaupten muss, gewinnt viel, wenn er seine Glücksfähigkeit trainiert und freudigen Empfindungen mehr Aufmerksamkeit schenkt. Denn so, wie negative Emotionen häufig positive ersticken, so können umgekehrt auch glückliche Empfindungen die trüben vertreiben.

Dritter Irrtum: Geld macht glücklich.

Eigentlich weiß jeder, dass Geld *nicht* glücklich macht – theoretisch jedenfalls. Nur verhält sich niemand nach dieser Einsicht. Insgeheim hoffen wir alle, dass ein bisschen mehr finanzieller Spielraum unser Wohlbefinden heben würde. Weil wir uns dann vielleicht eine geräumigere Wohnung leisten könnten oder eine zweite Ferienreise im Jahr. Weil wir weniger arbeiten müssten. Oder weil wir nicht mehr mit dem verbeulten Fiat herumfahren würden, hinter dessen Scheibenwischer schon die Schrotthändler ihre Kaufangebote klemmen. Wohl deshalb stufen bei Umfragen 40 Prozent aller Westdeutschen und 50 Prozent der Ostdeutschen «Wohlstand» als sehr wichtig im Leben ein.

Ganze Stapel wissenschaftlicher Studien sollten uns vom Gegenteil überzeugen. Nicht weniger als 154 große Befragungen haben Sozialforscher seit dem Zweiten Weltkrieg zu diesem Thema in Europa, den USA und in vielen anderen Ländern angestellt. Sie alle kommen zu dem Ergebnis, dass zumindest in den Industriestaaten praktisch kein Zusammenhang zwischen Wohlstand und Wohlbefinden besteht. Oberhalb der Armutsgrenze steigert Geld die Lebenszufriedenheit nur minimal.

Ein paar Hunderter und selbst ein paar Tausender mehr auf dem Gehaltszettel zu haben ist so ähnlich, als würde man statt Champagner Jahrgangschampagner trinken: Man merkt den Unterschied kaum. Selbst bei Superreichen zeigt Geld kaum eine messbare Wirkung. Die Zufriedenheit der fünfzig reichsten Amerikaner, jeder von ihnen mehr als 100 Millionen Dollar schwer, liegt nur wenig über dem US-Durchschnitt.

Etwas anders stellt sich die Lage in Entwicklungsländern dar. Wo es am Nötigsten fehlt, stellt sich das Glück nicht leicht ein. Für einen Kleinbauern in Nepal bedeutet jeder Dollar mehr eine echte Verbesserung: Nun kann er einen Arztbesuch bezahlen oder Geld für die Ausbildung seiner Kinder zurücklegen. Bis zu einer bestimmten Schwelle steigt deshalb die Lebenszufriedenheit der Menschen mit dem Einkommen, obwohl es auch in armen Ländern nur ein Einfluss von vielen ist. Sind die Grundbedürfnisse gedeckt, verwischt sich der Zusammenhang von Geld und Glück.

Mehr Einfluss als der absolute Wohlstand hat die Verteilung des Reichtums in einer Gesellschaft. Auch das zeigen die Studien. Nicht wenig zu haben macht Menschen unglücklich, sondern im Vergleich zu anderen schlechter dazustehen. Wo die Nachbarn bestenfalls ein Fahrrad besitzen, ist der verbeulte Fiat ein Luxusgegenstand; hat sich ein Bekannter aber gerade eine neue Limousine gekauft, schämen wir uns des schäbigen Autos.

Unzufriedenheit grassiert dort, wo Einkommensunterschiede groß sind. Das Gefühl, benachteiligt zu sein, kann so viel Stress mit sich bringen, dass es sogar der Gesundheit schadet. Zum Beispiel haben die politischen Umwälzungen in Osteuropa eine enorme Kluft zwischen Arm und Reich aufgerissen. Gleichzeitig fiel in Ländern wie Russland, Litauen oder Ungarn die Lebenserwartung dramatisch, ohne dass die Menschen im Durchschnitt ärmer geworden wären. Geld macht also nicht glücklich – soziale Gerechtigkeit schon.

Vierter Irrtum:
Dampf ablassen vertreibt negative Gefühle.
Eine beliebte Weisheit der Alltagspsychologie ist, man müsse seine Gefühle von Zeit zu Zeit «rauslassen». Viele Menschen glauben, ein Wutanfall würde sie von der Wut befreien, Tränen von der Trauer erlösen. «Wein dich aus!», empfehlen wohlmeinende Freundinnen ihren Bekannten. So verinnerlicht haben wir dieses Denken, dass sich viele Menschen schlicht weigern, daran zu zweifeln. Vor allem Frauen sind oft subjektiv fest davon überzeugt, sie fühlten sich nach einem Tränenausbruch besser. Dabei hat sich diese populäre Vorstellung inzwischen als schlicht falsch erwiesen. Oft ist sie sogar schädlich.

Dahinter steht eine Auffassung von Emotionen, die aus dem vorletzten Jahrhundert stammt. Inzwischen ist sie so überholt wie der Glaube, die Erde sei eine Scheibe. Sie sieht das Gehirn als Dampfkessel, in dem sich negative Gefühle als Druck aufstauen können. Hin und wieder müssten sie abgelassen werden, um eine gefährliche Überreaktion, ein wortwörtliches «Platzen vor Zorn» zu vermeiden.

Natürlich tut es oft gut, sich einem nahen Menschen anzuvertrauen. Geteiltes Leid kann halbes Leid sein. Aber es nützt wenig, sich dabei in einen Ausbruch negativer Emotionen hineinzusteigern. Keinem Wissenschaftler gelang es jemals, Belege für eine entlastende Wirkung der angeblichen Sicherheitsventile Tränen und Wut zu finden. Im Gegenteil: Schon vor gut vierzig Jahren ergaben erste Studien, dass Wutanfälle die Wut eher noch anheizen und dass Tränen uns noch tiefer in die Depression hineintreiben können.

In zahllosen Situationen des Alltags bringt uns dieser Mechanismus in die Bredouille. Lassen wir uns dazu hinreißen, nach einem ärgerlichen Telefongespräch den Hörer auf die Gabel zu knallen oder nach einer gedankenlosen Bemerkung des Partners die Tür hinter uns zuzuschlagen, schaden wir uns gleich doppelt: Zum einen bleibt ein mögliches Missverständnis im Raum stehen. Und zum anderen halten wir die unangenehmen Gefühle länger als nötig am Leben und steigern uns erst so richtig in den Ärger hinein.

Der Ausweg ist, negative Emotionen im Moment ihrer Entstehung zu kontrollieren. Das bedeutet nicht, sie zu verdrängen. Vielmehr sollte man seine Gefühle einen Moment lang bewusst wahrnehmen und sich klar machen: «Ich bin jetzt wütend.» Dann aber ist es besser, die Empfindungen beiseite zu schieben. Wer Übung darin hat, kann einfach wieder zur Tagesordnung übergehen. Für viele andere ist es hilfreich, sich ein Repertoire an Ablenkungsmöglichkeiten zurechtzulegen. Je nach Temperament wirkt bei dem einen ein flotter Spaziergang, bei dem anderen vielleicht, Musik zu hören oder den Schreibtisch aufzuräumen. Sich so zu kontrollieren mag zunächst nach einer übermenschlichen Herausforderung klingen – es lässt sich aber trainieren.

Fünfter Irrtum: Faulenzen tut der Seele gut.
Ein Palmenstrand in der Karibik, eine Hängematte, ein Cocktail in der Hand und eine erfrischende Brise, die vom postkartenblauen Meer her weht – dieses Klischee kommt der Vorstellung von Glück, die viele Leute hegen, ziemlich nahe. Gestresst vom

Alltag, sehnen wir uns nach Erholung und süßem Nichtstun. Wir träumen davon, das Handy auszuschalten, uns nichts vorzunehmen als einen gelegentlichen Spaziergang am Meer und stattdessen endlich einmal alle Bücher zu lesen, die sich auf dem Nachttisch stapeln.

Man muss nicht in die Karibik gereist sein, um zu wissen, dass diese Phantasien selten in Erfüllung gehen: Statt Entspannung breitet sich eine gewisse Gereiztheit aus, wir sind unruhig und fragen uns, was in der Welt passiert, und auf das Lesen können wir uns nach ein paar Stunden auch nicht mehr konzentrieren. Besonders wohl fühlen wir uns, ehrlich gesagt, nicht.

Wie sollten wir auch? Für ein Leben im Schlaraffenland hat die Evolution uns nicht geschaffen. Es wäre nicht sinnvoll gewesen, hätte sich der Mensch ungestraft über längere Zeit seiner Trägheit hingeben können. Denn der Homo sapiens bezog seinen Überlebensvorteil gegenüber allen anderen Wesen nur daraus, dass er klüger und geschickter ist als diese. Diesen Vorsprung galt es zu erhalten. Folglich treibt uns das Gehirn ständig dazu, aktiv zu bleiben und uns die Welt nicht nur anzusehen, sondern uns an ihr zu erproben.

Dies ist der Grund, warum Reiche, die für ihr Geld längst nichts mehr tun müssten, weiter ihrer Beschäftigung nachgehen, statt sich auf den Bahamas zu sonnen. Und warum es ein Bill Gates nicht lassen kann, mit immer neuen Finten auch noch seinen letzten Wettbewerbern den Garaus zu machen.

Studien bestätigen, dass wir unsere Freizeit verklären. Befragen Wissenschaftler Menschen, zu welchen Tageszeiten sie sich wie fühlen, so stellt sich stets heraus, dass die Versuchspersonen bei intensiver Tätigkeit glücklicher sind, als wenn sie am Abend oder Wochenende faulenzen. Sogar Fabrikarbeiter geben während ihrer Schicht doppelt so oft an, sich gut zu fühlen, als in der Freizeit.

Arbeit brauchen wir also nicht nur, um uns zu ernähren. Die Weisen der Antike priesen zwar den Müßiggang, wussten aber genau, dass ein träges Leben schnell in die Depression führt. Sie waren denn auch ziemlich beschäftigt damit, Schriften zu verfassen, zu diskutieren, politische Kampagnen und raffinierte Feste zu organisieren.

Auch heute fühlen sich Menschen in ihrer Freizeit besser, wenn sie sich beschäftigen – außer in (seltenen) Zuständen völliger Erschöpfung. Je nach Temperament fällt es vielen jedoch schwer, ihre Bequemlichkeit zu überwinden und etwas zu tun, was nicht unbedingt erledigt werden muss. Gern gaukelt man sich dann vor, Faulenzen sei genau das, was einem jetzt gut täte. Ein verhängnisvoller Selbstbetrug: Glücklich macht Nichtstun kaum je.

Sechster Irrtum: Glück macht träge.
Dieser Mythos ist gewissermaßen das Gegenstück zum letzten Irrtum: Wer satt und zufrieden ist, plant keine Aufstände; wer im Eigenheimidyll mit Familie, Hund und Garten glücklich vor sich hin lebt, von dem sind keine geistigen Höhenflüge zu erwarten. Dahinter steht die – in Deutschland besonders beliebte – Idee, dass schöpferische Einfälle und intellektuelle Leistungen im Unglück wurzeln. Dass uns etwas quälen, ein Stachel im Fleisch sitzen muss, damit wir tiefsinnig nachdenken können. Gerade unter gebildeten Menschen verachten deshalb nicht wenige das Glück und kultivieren ihre mürrische Gesinnung geradezu.

Nun bringen uns die Botenstoffe des Genusses, die Opioide, tatsächlich in eine wohlig entspannte Stimmung. Beim Vertilgen einer Sahnetorte oder während einer ayurvedischen Massage kommen uns deshalb eher selten geniale Ideen. Ganz anders verhält es sich jedoch mit dem Glück der Vorfreude: Es versetzt uns in einen angeregten Zustand, macht wach und aufmerksam. Es spornt uns an, etwas zu unternehmen, um an das Ziel unserer Wünsche zu gelangen.

Mehr noch: Freude kurbelt unseren Geist zu Höchstleistungen an. Denn im Gehirn sind Gedanken und Gefühle zwei Seiten derselben Medaille. Glückliche Menschen sind kreativer. Wie viele Studien zeigen, lösen sie Probleme besser und schneller. Glück macht klug, und zwar nicht nur für einen Augenblick, sondern auf Dauer. Denn Lernen hängt eng mit positiven Gefühlen zusammen; der Botenstoff Dopamin spielt in beiden Fällen eine Schlüsselrolle. Unter seinem Einfluss sprießen neue Nervenverbindungen im Gehirn.

Überdies sind glückliche Menschen auch nettere Menschen. Sie sind aufmerksamer und eher bereit, das Gute in anderen zu sehen. Nachweislich setzen sie sich mehr für das Gemeinwohl ein und schaffen es bei Verhandlungen besser, allen Beteiligten zu ihrem Recht zu verhelfen.

Auch den Körper hält Glück in Form. Andauernde Angst und Niedergeschlagenheit sind dagegen eine Gefahr für die Gesundheit, weil sie Stress bedeuten. Wer es gelernt hat, seine düsteren Stimmungen im Zaum zu halten und sein freudiges Erleben zu stärken, pflegt demnach seinen Körper. Gute Gefühle wirken Stress und dessen gesundheitlichen Folgen entgegen. Sie regen sogar das Immunsystem an.

Negative Stimmungen schränken also den Menschen ein, während gute Gefühle seine Möglichkeiten erweitern. Glück ist zugleich ein Lebensziel und ein Weg zu einem besseren Leben.

Glossar

Botenstoff: Sammelbegriff für Hormone und Neurotransmitter. Zu den Botenstoffen zählt eine Vielzahl chemisch höchst unterschiedlicher Substanzen, die alle dazu dienen, Signale zwischen Zellen oder Organen zu übermitteln. Neben den schnellen elektrischen Signalen, die von den Nerven weitergeleitet werden, sind die Botenstoffe der zweite, etwas langsamere Weg der Kommunikation im Körper.

Dopamin: Einer der wichtigsten Neurotransmitter, der im Gehirn aus Wasserstoff, Sauerstoff, Kohlenstoff und Stickstoff zusammengesetzt wird. Er dient zur Steuerung der Aufmerksamkeit, der Muskulatur, des Lernens und ist wesentlich am Entstehen der Lustgefühle beteiligt.

Dynorphine: Gegenspieler der Endorphine. Auch Dynorphine sind opiumähnliche Stoffe, die jedoch im Körper Zustände von Ekel und Unwohlsein auslösen.

Emotion: Unbewusstes, angeborenes Reaktionsmuster des Organismus auf einen äußeren Reiz oder auch auf eine innere Vorstellung. Dabei verändern sich sowohl der Zustand des Körpers, etwa Muskelspannung, Puls und Mimik, als auch der des Gehirns. Als die vier Grundemotionen gelten Glück, Angst, Trauer und Wut.

Endorphine: Vom Gehirn und der Hirnanhangsdrüse produzierte Botenstoffe, die ähnlich wie die Droge Opium zugleich entspannend und euphorisierend wirken. Endorphine gehören zur Stoffgruppe der Opioide.

Gefühl: Eine Emotion, die wir bewusst wahrnehmen.

Gene: Erbinformationen, die chemisch verschlüsselt auf den Chromosomen im Zellkern vorliegen. Ein Gen enthält die Bauanleitung für einen oder mehrere Eiweißstoffe. Damit die betreffende Substanz von der Zelle gebaut wird und ihre Funktion im Körper ausüben kann, muss das Gen von speziellen Kopiermolekülen abgelesen werden. Nicht jedes Gen ist jederzeit aktiv. Welche Gene an- oder abgeschaltet sind, wird nicht zuletzt durch Umwelteinflüsse bestimmt.

Hirnaktivität: Wie beim Tanzen die Beine und beim Schreiben die Hände aktiv sind, so befassen sich auch im Gehirn die einzelnen Teile mehr oder minder mit bestimmten Aufgaben. Für das Lernen von Bewegungen etwa ist besonders das Kleinhirn, für das bewusste Denken das Großhirn zuständig. Anhand der elektrischen Spannungen, die auf der Kopfhaut anliegen, oder mit einem Hirnscan lässt sich diese Aktivität messen.

Hirnschaltung: Das Gehirn arbeitet ähnlich wie eine gute Fußballmannschaft: Für jede Aufgabe wirken verschiedene Spieler auf genau festgelegte Weise zusammen. Dazu stehen Gebiete in allen Teilen des Gehirns über besondere Nervenleitungen oder Botenstoffe miteinander in Verbindung. Ein solches Zusammenspiel ist eine Hirnschaltung.

Hirnscans: Durchleuchtung des lebenden Gehirns im Tomographen.

Hormone: Botenstoffe, die von spezialisierten Drüsen und Geweben hergestellt werden und typischerweise Signale an andere, entfernte Organe übertragen. Der Übergang von Hormonen zu Neurotransmittern ist fließend.

Nervenwachstumsfaktoren: Chemische Substanzen, die die Entwicklung von Nervenzellen sowie ihre Teilung fördern.

Neuron: Fachbegriff für die Nervenzellen von Körper und Gehirn. Neuronen sind die Grundbausteine des Nervensystems. Ihre Aufgabe ist, Informationen zu verarbeiten und weiterzuleiten. Ein Neuron besitzt einen vergleichsweise kleinen Zellkörper, dafür aber lange, stark verästelte Ausläufer. Jedes Neuron bildet rund 1000 Kontaktstellen (Synapsen) mit anderen Nervenzellen aus. Das Gehirn enthält schätzungsweise hundert Milliarden Neuronen.

Neurotransmitter: Spezielle Botenstoffe, die ausschließlich von Nervenzellen hergestellt werden. Ein Neurotransmitter wird am Ende einer Nervenfaser freigesetzt und überwindet den Spalt zwischen zwei Neuronen. In der Empfängerzelle kann es weitere Schritte der Signalübertragung anregen oder auch hemmen.

Neurowissenschaften: Alle Forschungsrichtungen, deren Ziel Erkenntnisse über das Gehirn und das Nervensystem sind. Dabei befassen sich die Neurobiologen ganz allgemein mit der Funktionsweise von Hirn und Nervensystem; die Neurophysiologen mit deren Aufbau; die Neuropsychologen damit, wie das Gehirn das Verhalten bestimmt.

Opioide: Auch körpereigene Opiate genannt. Eine Gruppe von Botenstoffen, die im Gehirn und in der Hirnanhangsdrüse entstehen und chemisch dem Morphium verwandt sind.

Oxytocin: Hormon, das von der Hirnanhangsdrüse abgesondert wird und eine wichtige Rolle bei der Entstehung emotionaler Bindungen an andere Menschen spielt. Oxytocin hat eine wohlig-entspannende Wirkung und wird zum Beispiel beim Sex und beim Stillen ausgeschüttet.

Serotonin: Wichtiger Neurotransmitter, der unter anderem bei der Entstehung von Depressionen, beim Schlaf und bei der Regulierung der Körpertemperatur eine Rolle spielt.

Synapse: Verbindungsstelle zwischen zwei Neuronen oder auch einem Neuron und einer Muskelzelle. Die Zellen berühren sich nicht unmittelbar, sondern sind durch einen feinen Spalt getrennt, der je nach Art der Synapse durch chemische Signale (Neurotransmitter) oder elektrische Signale überwunden wird.

Tomograph: Ein Gerät, das ähnlich wie ein Röntgenapparat Körperteile durchleuchten und auf einem Bildschirm darstellen kann. Viele in der Hirnforschung übliche Tomographen erlauben es, nicht nur den Aufbau, sondern auch die Tätigkeit des Organs zu untersuchen.

Vasopressin: Hormon, das wie Oxytocin in der Hirnanhangsdrüse entsteht und zahlreiche Körperfunktionen beeinflusst, darunter den Blutdruck. Vasopressin regelt auch die Bereitschaft zur Aggression und trägt zur Entstehung des sozialen Gedächtnisses bei.